SEGURA EN TUS BRAZOS

Kristi Gold

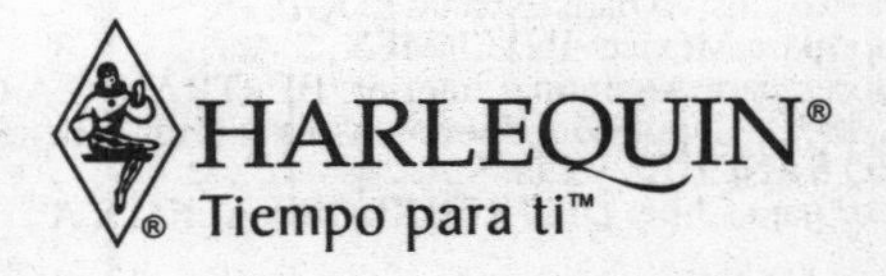

NOVELAS CON CORAZÓN

Editado por HARLEQUIN IBÉRICA, S.A.
Hermosilla, 21
28001 Madrid

SEGURA EN TUS BRAZOS, Nº 1053 - 1.8.01
Título original: His Sheltering Arms
Publicada originalmente por Silhouette Books.

I.S.B.N.: 84-396-8994-2
Depósito legal: B-29092-2001
Editor responsable: M. T. Villar
Diseño cubierta: María J. Velasco Juez
Composición: M.T., S.L.
Avda. Filipinas, 48. 28003 Madrid
Fotomecánica: PREIMPRESIÓN 2000
c/. Matilde Hernández, 34. 28019 Madrid
Impresión y encuadernación: LITOGRAFÍA ROSÉS, S.A.
c/. Energía, 11. 08850 Gavá (Barcelona)
Fecha impresion para Argentina:27.11.01
Distribuidor exclusivo para España: LOGISTA
Distribuidor para México: INTERMEX, S.A.
Distribuidores para Argentina: interior, BERTRAN, S.A.C. Vélez Sársfield, 1950. Cap. Fed./ Buenos Aires y Gran Buenos Aires, VACCARO SÁNCHEZ y Cía, S.A.
Distribuidor para Chile: DISTRIBUIDORA ALFA, S.A.

Capítulo Uno

Zach Miller atravesó la puerta del despacho de Erin Brailey con paso atlético. Aunque no iba correctamente vestido para una reunión de negocios, a Erin le gustaron la camisa de lino y los vaqueros, que le sentaban como hechos a medida.

Sin embargo, aunque Zach llevaba el cabello negro impecablemente peinado y su más de metro ochenta de altura quitaba el aliento, Erin no permitió que el físico de su visitante la distrajera. Se reunía con él por negocios y quizás el tema a tratar sería para ella una de las cuestiones más importantes de su vida.

–Señor Miller, soy Erin Brailey, directora ejecutiva de Rainbow Center. Gracias por venir –dijo, poniéndose de pie y tendiéndole la mano con una sonrisa.

–Encantado de conocerla, señorita Brailey –respondió él estrechándole la mano, áspera y callosa, que iba bien con su masculina voz.

Erin se volvió a sentar tras la mesa de trabajo y le hizo a él gesto de que se sentase en la silla de enfrente.

–Supongo que sabe que hemos aceptado su propuesta –dijo, tomando una carpeta y pasando las hojas.

–Hasta ahora, no.

Cuando ella levantó la vista, él la observaba, dando una sensación de tranquilidad y control a la vez.

Erin consultó la carpeta otra vez para abstraerse

de su escrutinio. Se retiró el cabello de la cara y, al hacerlo, sintió el penetrante perfume masculino en su mano.

–Como el centro ha decidido no ofrecer una licitación abierta al público, supongo que tendremos que pagar más por la seguridad –dijo, cerrando la carpeta y cruzando las manos sobre ella. Lo miró a los ojos.

–Si lo que la preocupa es sacarle rendimiento a su inversión, le garantizo que estará totalmente satisfecha –le dijo él, inclinándose hacia delante y clavándole los ojos color café.

Si algún otro proveedor le hubiese dicho lo mismo, Erin lo habría aceptado inmediatamente, pero al venir de un hombre con aquella voz sensual y ojos pecaminosos, le dio la sensación de que él le estaba haciendo una proposición indecente. Una proposición que quizás quisiese aceptar.

–La calidad de su trabajo no es lo que me preocupa –dijo, intentando quitarse esos ridículos pensamientos de la mente–. Usted tiene una excelente recomendación de Gil Parks y yo confío en él. Simplemente, lo que intento comprender es los motivos que lo pueden haber hecho a usted aceptar un trabajo que quizás le dé tan pocos beneficios a su empresa.

Él recorrió la habitación lentamente con la mirada: las cortinas color verde oliva, la mesa de trabajo llena de marcas, las paredes amarillentas. Finalmente la volvió a mirar.

–He estado recabando información, señorita Brailey. Sé que se necesita un nuevo centro de acogida. Hay que ser cuidadoso con las causas que se apoyan.

Ella supuso que tendría que sentirse halagada por que él hubiese elegido que Rainbow Center fuese sujeto de su altruismo, pero pudo más su naturaleza cauta.

–La fase segunda, debido a su localización rural, ha sido elegida para asistir a algunos de los municipios más grandes. Supondrá un entorno totalmente seguro con vigilancia privada. Requeriremos la mayor discreción, ya que se la ha diseñado para servir de refugio a mujeres maltratadas por hombres que trabajan dando servicio a la comunidad en poblaciones cercanas.

–Quiere decir policías.

–Sí. Orden público, enfermeros, bomberos y cualquier otro personal que pudiese estar enterado de la localización de los centros que ya existen en su área. La casa no está registrada con el nombre del centro, ni tampoco la luz, el gas y esos servicios. Así es que, de cara al público, parecerá una granja aislada que se encuentra en un terreno de setenta y cinco acres. Pero necesitaremos una compañía privada de seguridad, ya que nada es seguro totalmente.

–Me parece lógico.

Pero la expresión del rostro de Zach Miller preocupó a Erin.

–¿Usted ha trabajado siempre dentro del sector de la seguridad? –le preguntó.

Él se movió en la silla y se pasó la mano por el muslo.

–No. Era policía.

Una alarma sonó dentro de la cabeza de Erin. Gil Parks, el contable del centro, solía ser un hombre meticuloso, aunque no lo había sido en aquella circunstancia. Tendría que haberla informado de ese dato antes de convencer a la junta directiva de que aceptase la oferta de Zach, por más que este fuese un amigo de confianza de Gil. Ella dependía de una junta directiva, personas importantes de la comunidad, y había trabajado mucho para lograr su confianza. No permitiría que un error como ese destruyese su fe en ella y pusiese en entredicho el proyecto. Necesitaba conocer a Zach Miller mejor.

–¿Cuánto tiempo perteneció a las fuerzas de orden público? –preguntó, intentando que la preocupación no se le reflejase en la voz.

–Doce años en total. Siete con la policía de Dallas y cinco aquí mismo, en Langdon. Llevo tres en el sector privado de la seguridad.

–¿Por qué se marchó del departamento?

–Estaba quemado –dijo él, y una emoción indefinible se le reflejó en los ojos para desaparecer tan rápido como había aparecido.

Erin decidió que le pediría a Gil más detalles sobre la forma en que él se había marchado del departamento de policía.

–¿Se mantiene en contacto con sus ex colegas?

–Con algunos.

–Espero que no resulte un problema –dijo Erin, sintiendo que le comenzaba a doler la cabeza.

–¿A qué se refiere?

Ella se cuadró de hombros y lo miró a los ojos.

–Sé que será poco probable, especialmente en una comunidad del tamaño de Langdon, pero en caso de que se diese la situación, ¿será usted capaz de dar protección a mujeres y novias maltratadas por sus colegas de la policía y luego mantenerlo en secreto?

Él se inclinó, mirándola con sus penetrantes ojos oscuros.

–Señorita Brailey, no tengo ningún problema en proteger a las mujeres de los hombres que se creen que usarlas de saco de arena para practicar el boxeo es un derecho que Dios les ha otorgado, sean policías o no. Y he sido capaz en mi vida de guardar más de un secreto –se cruzó de brazos y retomó su postura relajada–. Puede confiar en mí. Y también sus residentes.

No había levantado la voz, pero la convicción de

su tono fue más que suficiente. Y, si su instinto no la engañaba, Erin tuvo la impresión de que él era mucho más que un policía quemado. También se preguntó si él no estaría más comprometido con ese proyecto de lo que quería admitir. El tiempo lo diría.

–Es importante que este tema quede bien claro –dijo Erin–. Este es un programa piloto. Tengo un mes más para hacer que comience a funcionar y nuestra financiación dependerá de su éxito. Si no lo puedo sacar adelante, entonces estará acabado antes de empezar –hizo una profunda inspiración–. Este centro es muy importante para mucha gente.

–¿Y lo es para usted?

–Sí. Para mí también –su orgullo la había delatado.

–No tiene nada de malo –dijo él, sonriendo. Sus perfectos dientes blancos se sumaron a la lista de puntos a su favor que había hecho Erin, quien le devolvió la sonrisa.

Zach Miller parecía ser un hombre duro, un hombre que su padre nunca aprobaría. Eso lo hacía todavía más atractivo. Desgraciadamente, tendría que mantenerse alejada de él. No tenía tiempo para los hombres, o quizás no tenía la fortaleza para explorar las posibilidades, teniendo en cuenta sus experiencias anteriores. Aunque en ese momento la idea era tentadora.

–¿Señorita Brailey?

Erin se ruborizó al darse cuenta de que él le había estado hablando.

–Perdone, estaba distraída.

–Menuda distracción habrá sido –dijo él y la sonrisa se hizo más amplia, mostrando un hoyuelo en el extremo izquierdo de su boca. Erin pensó que le gustaría besárselo.

–Creo que eso es todo –dijo Erin, levantándose de la silla–. Supongo que estamos listos para que usted comience a trabajar.

Él se puso serio, sin por ello perder su atractivo.

–¿No viene usted conmigo?

–¿Adónde? –preguntó ella, y el pulso se le aceleró.

–Al nuevo centro de acogida. He hecho la propuesta mirando un plano, y todavía no he visto el edificio. Si tiene tiempo, le puedo mostrar lo que he pensado que podríamos hacer.

Gracias a Dios que él no sabía lo que ella había pensado que podían hacer hacía un minuto.

–¿Se refiere a ahora?

–Por mí, sí.

–De acuerdo, no hay nada aquí que no pueda esperar –dijo Erin, y se hubiera dado de tortas al oír lo nerviosa que parecía.

Se puso la chaqueta y agarró el bolso. Zach la siguió hasta la recepción.

–Cathy, el señor Miller y yo vamos a visitar el nuevo centro –le dijo a la universitaria que trabajaba allí durante el verano. Miró el reloj mientras la joven se quedaba mirando a Zach–. Quizás no vuelva, así que desvía todas las llamadas importantes a mi casa o llámame al busca.

–De acuerdo –dijo Cathy, mirando brevemente a Erin y luego volviendo la mirada a Zach.

Erin se dirigió a la puerta preguntándose si Cathy la habría oído. Era evidente que aquel hombre tenía el mismo efecto sobre las mujeres de todas las edades.

Afortunadamente, Erin estaba inmunizada contra los hombres demasiado guapos. Al menos eso era lo que creía hasta aquel momento.

Zach sorteaba en silencio un bache tras otro del camino comarcal por el que circulaban. Todavía no se había repuesto de la impresión que le había causado conocer a Erin Brailey, la rubia de ojos azules y un metro setenta que estaba para parar un tren. En aquel momento podía verle buena parte del muslo donde la estrecha falda negra se le había subido. Zach hizo un esfuerzo por concentrarse en el camino y controlar su libido. Con el rabillo del ojo vio como ella se quitaba la chaqueta y notó la forma en que su blusa de satén le marcaba los redondos pechos. Apretó el volante con fuerza.

–¿Tiene calor? –le preguntó, lanzándole una mirada. Desde luego que él lo tenía.

–Hace un poquito de calor –respondió ella–. A juzgar por el mayo que estamos teniendo, parece que el verano será sofocante.

–Pondré el aire –dijo él.

Cuando puso el control al máximo, un chorro de aire frío le dio en el rostro, pero hizo poco por bajarle la temperatura corporal.

–¿Falta mucho? –preguntó.

–Dentro de dos millas gire a la derecha y luego son ocho millas más –respondió ella.

Zach comenzó a preguntarle cómo habían elegido el sitio, pero se interrumpió cuando volvió a verle los pechos. Era evidente que ella tenía frío, y todavía les faltaban diez minutos de viaje. Carraspeó.

–¿Cuánto hace que trabaja para Rainbow Center?

Cuando ella se cruzó de brazos sobre el pecho, Zach sintió una mezcla de desilusión y alivio.

–Llevo trabajando en el centro desde que comencé la universidad –dijo ella–. Fui ascendiendo hasta llegar a ser la directora mientras terminaba mis estudios.

–¿De asistente social?

–He hecho un máster en administración de empresas. Tengo una buena cabeza para los negocios.

Zach pensó que también tenía un buen cuerpo que acompañaba su cabeza. ¡Infiernos! Tenía que controlarse. Aquel era su negocio y ella era su cliente. Pero parecía que su testosterona no se enteraba de ello.

–Ser funcionario es una lata –dijo, inquieto–. El salario es una porquería y hay que trabajar mucho. Con esa preparación, ¿no ha pensado en buscarse algo mejor remunerado?

Cuando ella no respondió inmediatamente, Zach volvió a mirarla. Ella lo miraba con furia.

–¿Pasa algo? –preguntó él.

–Si lo que quiere decir es que mi trabajo es un desperdicio de mi talento, le aseguro que lo que hago es importante. Si alguna vez hubiese mirado a los ojos de un niño que ha sufrido malos tratos, sabría a lo que me refiero.

–Créame, señorita Brailey, sé a lo que se refiere –le dijo.

Él mismo había sido uno de esos niños.

Ella le lanzó una mirada arrepentida y luego movió la cabeza.

–Lo siento. Estoy segura de que sí. Me apasiono un poco cuando defiendo los motivos que me hacen quedarme en el centro.

–Era un comentario nacido de mi propia experiencia.

No se había endurecido tanto como para no comprender lo que ella se refería. Nunca había sido fácil tratar con niños víctimas de la brutalidad de los humanos. En realidad, a él esa brutalidad le había llegado al corazón y casi destruido su fe en la humanidad. No era fácil encontrar gente como Erin Brailey. Le hizo recordar que el bien existía en el mundo y la admiró por su compromiso, su pasión por la causa. Ojalá él pudiese volverse a sentir así, como se había sentido antes de que todo se derrumbase.

Zach no supo qué decir, o si debía mantener la boca cerrada. No pudo evitar preguntarse si la pasión que Erin Brailey ponía a las cosas se extendería a su vida personal también. ¿Haría todo lo demás con el mismo entusiasmo? Mejor sería que se quitara las «otras cosas» de la cabeza si quería seguir siendo objetivo. No había problema. El control era una de las bazas que Zach tenía a su favor, bajo circunstancias normales.

Unos minutos más tarde, la camioneta se adentraba por el camino al centro de acogida. El portalón de entrada colgaba torcido de una bisagra y la casa necesitaba que le hiciesen un buen arreglo. Alguien había acabado de pintar la fachada, pero sin llegar hasta el piso de arriba. Por lo que se veía, un mes no sería suficiente para poner el sitio en condiciones.

Zach apenas había aparcado cuando Erin ya había abierto la portezuela para bajarse. Mientras la miraba caminar hacia la entrada, él se dio cuenta de que ella era igual de guapa por detrás que por delante. Se bajó de la camioneta mascullando una letanía de maldiciones y advertencias. Entró tras ella en la casa, pero no la vio inmediatamente. Sus botas de vaquero resonaron en el vestíbulo mientras caminaba por el gastado suelo de madera. Al final del pasillo vio a Erin al pie de la escalera.

–Esto está mucho mejor –dijo ella, con una sonrisa cortés, mientras miraba una pared recién pintada–. La planta baja consiste principalmente en las habitaciones del director, una cocina, un salón y un pequeño cuarto de estar. Todos los dormitorios se encuentran arriba. ¿Dónde quiere comenzar?

Él miró a su alrededor, notando que había ciertos sitios que parecían vulnerables.

–Aquí abajo está bien.

–De acuerdo –dijo ella, lanzando una mirada escaleras arriba. Luego se dio la vuelta hacia él–. Puede comenzar por aquí. Estaré con usted dentro de un minuto. Si no le importa, quiero ir a ver la habitación de los niños para cerciorarme de que la están haciendo bien.

La forma en que súbitamente su rostro se dulcificó tomó a Zach por sorpresa, pero luego recordó el comentario que ella había hecho antes sobre los niños.

–La habitación de los niños, ¿no?

La sonrisa de ella fue casi cohibida, como si la hubiese pillado haciendo algo ilícito.

–No ponga esa cara, señor Miller. Reconozco que me gustan los niños. Trabajo con ellos en el centro de acogida llevando a cabo un programa de autoestima. Es importante romper el ciclo antes de que se hagan adultos.

–Comprendo –dijo él. Ella no se daba cuenta de lo mucho que comprendía. Zach hizo un gesto con la mano–. Por favor, vaya a ver. Puede reunirse conmigo cuando acabe.

–Gracias. Enseguida vuelvo.

Después de que Erin subiese las escaleras, Zach se entretuvo en inspeccionar las habitaciones, ver las ventanas y tomar nota de lo que lo preocupaba. Hizo una lista de todos los puntos vulnerables y completó la evaluación inicial antes de que Erin volviese. Aunque tendría que ir al menos una vez más antes de comenzar a instalar los cables por si se le había pasado algo por alto, había revisado todo lo que le interesaba en la planta baja. Era mejor que fuese a ver dónde se encontraba la señorita Brailey.

Comenzó a subir las escaleras moviendo la cabeza. A Erin Brailey le gustaban los niños. Nunca lo hubiese pensado, pero, al fin y al cabo, sus intuiciones con respecto a las mujeres no siempre eran correctas. Las que tenían apariencia más dura eran las que frecuentemente escondían su vulnerabilidad. Lo habría aprendido a la fuerza. Pero Erin Brailey no era una víctima.

Zach se agarró de la desvencijada barandilla y subió las escaleras de dos en dos. Cuando llegó al descansillo de arriba, lo asaltó el olor acre a pintura fresca, escociéndole en los ojos. Anduvo por el pasillo, mirando dentro de cada habitación, una de ellas totalmente renovada, las otras esperando su turno. Pensó lo que un sitio como aquel habría significada para su madre. Quizás las cosas habrían sido distintas si ella hubiese tenido los recursos para mejorar sus circunstancias. Quizás él mismo habría sido diferente. Pero aquello pertenecía al pasado, algo que ya no se podía cambiar.

El ex policía encontró a Erin en la tercera habitación, una pequeña decorada en azul pastel con una greca de conejos amarillos. Normalmente, no se hubiese sentido interesado en la decoración del cuarto, pero Erin se hallaba de pie en el último escalón de la escalera. Se había quitado los zapatos y se estiraba para arreglar un trozo de la greca que se había despegado. A Zach le dieron deseos de correr hasta ella y acariciarle los muslos.

«Contrólate, Miller», se dijo, pasándose la mano por los ojos como si con ello pudiese borrar la imagen de ella. Dios santo, lo que tendría que hacer sería irse a su bar favorito y buscar compañía femenina. Aunque no resultaba tan sencillo de hacer. Erin Brailey resultaba más atractiva que cualquiera de las mujeres que conocía.

–¿Necesita ayuda? –le preguntó.

–No, casi he terminado –dijo ella, mirándolo por encima del hombro. Alisó la greca con la mano y luego le dio un golpecito para fijarla–. Ya está. Ha quedado como nuevo.

Se bajó de la escalera y luego se sujetó a ella para ponerse los zapatos de tacón.

–¿Ha visto todo lo que quería?

Infiernos, ¿habría resultado tan obvio?

–¿A qué?

–A la planta baja. ¿Ha terminado la inspección?

La verdad era que había visto más de lo que hubiese deseado, mejor dicho, que de lo que necesitaba ver.

–Sí. Así es que, si ha acabado de empapelar, me podría mostrar el resto. ¿La decoración del sitio también es parte de su trabajo?

–La verdad es que no, pero nos faltan voluntarios. Y si tenemos en cuenta la naturaleza de este proyecto, cuanta menos gente conozca dónde se encuentra este centro de acogida, mejor.

–La pintura se me da bastante bien. Quizás pueda echarles una mano.

Erin dio un paso atrás y lo observó con sus ojos azules como la pared detrás de sí.

–Estoy segura de que tiene mejores maneras de pasar el tiempo que venir a pintar una casa vieja.

–Pues lo cierto es que no. Al menos, después de la jornada de trabajo.

–¿A su mujer no le importaría? –preguntó ella, levantando una fina ceja.

–No tengo esposa –dijo y ya que ella lo había mencionado, aprovechó para preguntar–: ¿Y usted? ¿Tiene marido?

–¡Qué va! –dijo ella, girando la sortija que llevaba en la mano derecha.

–¿Un tema que no le gusta mencionar?

Ella pasó a su lado y se detuvo en la puerta.

–Ya sabe cómo son las cosas, señor Miller. Las prioridades no siempre incluyen a un esposo, dos niños y medio y un perro, como dicen las estadísticas.

–Sí, sé a lo que se refiere –dijo él–. Pero no se pasará todo el tiempo trabajando.

–Últimamente, sí. No he encontrado nada que me apasione tanto como mi trabajo.

–¿O nadie?

–No. Decididamente, no –dijo ella categóricamente.

–Qué pena, señorita Brailey. Una verdadera pena.

–No me tenga pena, señor Miller. Me las arreglo bastante bien.

No sentía ninguna pena por ella, era solo un decir. No era el tipo de mujer que inspirase pena a los hombres. La miró a los ojos. Gran error.

–Tutéame, y ya que ninguno de los dos parece estar ocupado, ¿quieres ir a comer algo? Podríamos discutir algunos de los puntos que me preocupan.

–Me encantaría –suspiró ella–, pero me temo que estoy ocupada. Seguro que él ya ha llegado al restaurante.

Zach se sintió invadido por una profunda desilusión, aunque no estaba dispuesto a darse por vencido tan fácilmente.

–¿Alguien especial? –preguntó en voz baja, inclinándose hacia ella.

–La verdad es que voy a comer con mi padre.

–¿Os lleváis bien? –volvió él a preguntar, enderezándose.

En un abrir y cerrar de ojos, la expresión de ella se enfrió.

–Se trata de una cena que tenemos todas las semanas. Nada más.

Zach se preguntó por qué habría sido ese súbito cambio, pero le pareció sensato no insistir. Comprendía perfectamente lo difícil que era las relaciones entre padres e hijos. Él había odiado a su padre y todavía lo odiaba, aunque estuviera muerto.

–A mi padre no le gusta que lo hagan esperar –añadió ella–, así que mejor será que nos vayamos, señor M... Zach –acabó con una sonrisa.

–Al menos, nos estamos tuteando. Y hagamos un trato: seamos sinceros el uno con el otro. Creo que eso es lo que mejor funciona en los negocios –alargó la mano–. ¿Trato hecho?

–Trato hecho –dijo ella, estrechándosela, después de titubear un instante.

Zach no le soltó la mano inmediatamente. En vez de ello, le rozó los nudillos con el pulgar y la miró a los ojos, leyendo la sorpresa en sus azules profundidades. Un relámpago de entendimiento se cruzó entre los dos, agudo como el filo de una navaja.

–Será mejor que te pongas guantes cuando pintas –dijo él, volviendo a la realidad con gran esfuerzo y soltándole la mano–, así no se te estropean las manos –abrió la puerta pensando que lo mejor sería escapar de allí antes de hacer una tontería–. Tenemos que irnos si no quieres llegar tarde a la cena.

–Tienes razón. No está bien que haga esperar a mi padre –dijo ella con tono sarcástico–. Ya que no tenemos tiempo ahora, ¿por qué no vienes mañana a mi oficina? Puedes traer el plano y explicarme las ideas que tienes.

Zach se metió las manos en los bolsillos, ansioso por aceptar.

–¿Te parece bien por la mañana?

–Me temo que tendrá que ser por la tarde. Por la mañana voy al otro centro de acogida y tengo una reunión con el consejo de administración a las cuatro y media. Podríamos vernos después en la sala de reuniones para poder utilizar la mesa.

Zach se sintió invadido por una oleada de calor al pensar en lo que le podría hacer sobre esa mesa. La nítida imagen lo asaltó de forma totalmente inesperada. ¿Por qué esa mujer lo haría tener semejantes fantasías, totalmente reñidas con su habitual sentido común? Era algo físico, desde luego, pero había más. Y eso lo molestaba. Podía controlar su deseo animal, pero no le gustaba lidiar con necesidades humanas. Sospechaba que Erin era el tipo de mujer que le haría revelar sus secretos más íntimos si no se andaba con cuidado. No se podía permitir abrir viejas heridas.

–¿A qué hora?

–A las seis –dijo ella, dirigiéndose al vestíbulo.

Zach se quedó retrasado para poder disfrutar de su trasero.

–Bien. Llevaré la cena. ¿Te gusta la comida china?

–Estupendo.

–¿Qué te gusta?

–Picante –dijo ella, sin darse la vuelta, pero él se dio cuenta de que ella sonreía.

Capítulo Dos

–¿Cincuenta mil dólares, Erin? Cincuenta mil dólares es mucho dinero.

Erin tomó un trago de vino y miró a su padre por encima del elegante candelabro de filigrana dorada del restaurante francés.

Aunque el rostro de Robert Brailey mostraba las arrugas de su edad y tenía el cabello totalmente gris, seguía siendo un hombre guapo. A pesar de sus sesenta años, parecía mucho más joven y tenía todo el aspecto de un próspero político. Se había retirado hacía dos años de su puesto en el senado para volver a su antigua profesión de abogado, en la que podía ejercer su profundo amor por la ley.

Erin agarró la botella de oporto y se sirvió una copa, haciendo caso omiso a la mirada de desaprobación de su padre.

–Sé que es mucho dinero, pero necesito fondos para este proyecto y tú tienes contactos con gente influyente –dijo, intentando que no se le notase la desesperación–. Debido a la discreción requerida, no puedo solicitar fondos públicamente. Tú conoces a gente que nos podría ayudar.

–Estás desperdiciando tu talento al trabajar para el estado –dijo él, dejando la servilleta sobre la mesa.

Debido a la tensión la empezaron a doler los hombros. Su padre siempre acababa criticando el trabajo de Erin que, desde el día en que ella lo aceptó, consideraba sin futuro.

–Será mejor que aceptes que no pienso cambiar de empleo por ahora –le dijo a su padre.

–Ya lo sé –dijo él, lanzándole una mirada iracunda.

Erin se reclinó en el respaldo de la silla y entrelazó los dedos por debajo del mantel, nerviosa como un niño perdido. Pero no estaba dispuesta a ceder.

–Si logro que esto salga adelante, me sentiré más orgullosa que si me diesen un salario de millones.

–El orgullo no es lo que da la seguridad.

–Tengo otras compensaciones –dijo ella, y por algún motivo, pensó en Zach Miller.

Su padre carraspeó, recobrando su atención.

–Hasta hace poco, tu mayor recompensa era tu fondo de inversiones.

Deseó poder odiarlo, pero, como siempre, no lo logró. A pesar de los esfuerzos que su padre hacía por dirigirle la vida, seguía siendo su padre. Ella había heredado sus convicciones unidas a una buena dosis de su cabezonería. En aquel momento necesitaba las influencias de su progenitor, y haría cualquier cosa para lograrlas. Por el centro de acogida era capaz de tragarse el orgullo.

–¿Me quieres ayudar? –le preguntó, tocándole la mano suavemente.

Él retiró su mano y le dio una palmadita en el brazo.

–Podría investigar un par de posibilidades. Con una condición.

Se había equivocado al pensar que la ayuda de su padre sería incondicional.

–¿Qué condición? –preguntó con un suspiro.

Robert tomó un largo trago de vino y se enjugó los labios con la servilleta de lino color malva.

–¿Cuánto tiempo te llevará poner en funcionamiento el nuevo centro de acogida?

–Queremos abrir dentro de un mes.

–¿Y cuánto tiempo necesitas para asegurarte de que seguirá funcionando?

–Si logramos tener éxito durante un año, eso convencerá al consejo de administración de que es un proyecto válido.

–Comprendo –dijo Robert, levantando la mano para saludar a alguien que Erin no reconoció. Continuó hablando sin interrumpirse–. Y si no tienes éxito, ¿qué?

Ella no quería ni pensar en ello, aunque fuese una tontería no hacerlo.

–Seguiremos funcionando con el centro que tenemos ahora. Habrá que distribuir a los residentes que corran más riesgos entre los otros centros y casas más seguras.

Su padre se quedó en silencio durante un momento, probablemente considerando las posibilidades, pensó Erin. Se preparó para que él le diese el tiro de gracia.

–Te ayudaré a conseguir fondos –dijo él–, si tú accedes a venirte a trabajar conmigo si fracasas.

Erin apretó los dientes para contenerse. Ni muerta trabajaría en la empresa de su padre en un puesto de gerencia, cuando en realidad solo sería una anfitriona de lujo. Desde la muerte de su madre hacía doce años, él le había dicho con frecuencia que la necesitaba como gerente. Y desde su ruptura con Warren, el perfecto proyecto de yerno, su padre nunca dejaba de recordarle, a veces con poco sutileza, cuánto lo había desilusionado. Nada había cambiado. Excepto Erin.

Más que nunca, estaba decidida a tener éxito y demostrar que él se equivocaba.

–Si accedo, ¿me prometes que usarás todos tus recursos para encontrar financiación?

–¿Me estás preguntando si soy capaz de tenderte una trampa para que fracases?

–Es lógico que lo piense, ¿no crees?

Nunca le había permitido a Erin que se olvidase de sus fracasos anteriores. Errores cometidos por una adolescente rebelde que había perdido a su madre. Una quinceañera desesperada por lograr la atención de su padre. Lo había conseguido, pero también su desconfianza.

El rostro de Robert adoptó una expresión tan estoica como el busto del romano que adornaba el rincón.

–Te doy mi palabra, si con ella te basta.

Durante un instante, ella se sintió avergonzada. Pero le duró muy poco. Necesitaba la ayuda de su padre a costa de lo que fuese necesario. No le quedaba otra alternativa que confiar en él. Reunió todas sus fuerzas.

–Acepto –dijo, formulando la palabra que pensaba que nunca diría.

La sorpresa se reflejó en las facciones masculinas, para ser reemplazada enseguida por una modélica expresión de dignidad.

–Entonces, ¿vendrás a trabajar conmigo?

–Solo si mi proyecto no tiene éxito.

Los hombros de Robert se relajaron y esbozó una sonrisa victoriosa.

–¿Qué te ha hecho aceptar mi condición?

Erin se puso de pie para irse. No estaba dispuesta a perder tiempo explicando lo mucho que el centro significaba para ella. Ni tampoco a lo que llegaría para lograr su éxito.

–Pues, padre, es muy sencillo –dijo, agarrando el bolso del respaldo de la silla y colgándoselo del hombro. Su rostro reflejó la decisión que acompañaba a sus palabras de despedida–: No pienso fracasar.

Erin salió de la sala de reuniones al día siguiente en estado de euforia. Al retirarse los miembros del consejo, la felicitaron, llenos de optimismo. Por primera vez desde que había propuesto la apertura del nuevo centro, tuvo fe en que funcionaría.

Después de que se fuesen todos, vio una figura junto a la desierta mesa de recepción. Cathy se había ido, pero la puerta había quedado abierta para que los miembros de consejo se fuesen. El extraño llevaba un traje oscuro liso y el cabello rubio muy corto. La brillante credencial del Departamento de Policía de Langdon, que lucía en la solapa, contrastaba con los inexpresivos ojos grises.

Erin ya conocía a varios hombres del departamento, todos muy amables y simpáticos, pero no reconoció a aquel. Se acercó a la recepción lentamente y un mal presagio la comenzó a invadir a ritmo con el repiqueteo de sus tacones sobre las baldosas. Las oficinas se hallaban a cien metros del centro de acogida. Normalmente, si había problemas, la administradora que estuviese de guardia la llamaba. Quizás él no había ido por una cuestión oficial, pero la expresión de su rostro le indicaba que no iba solo de visita.

–¿En qué puedo servirle? –le preguntó Erin, esbozando su sonrisa más profesional.

–¿Es usted la señorita Brailey? –le preguntó él. Era de aproximadamente su altura, pero su actitud parecía casi la de un depredador.

–Sí, soy la señorita Brailey.

–Soy el detective Andrews, del Departamento de Policía de Langdon –anunció él, sin alargar la mano–. Necesito hablar con usted inmediatamente.

Erin lanzó una mirada al reloj de la mesa. Zach Miller llegaría en cualquier momento, pero el tono de voz del detective le indicó que su tema no podría esperar. O al menos, que él creía que no podría hacerlo.

–Tengo una cita, pero puedo concederle unos minutos. Venga a mi despacho.

Cuando entraron al despacho, ella se situó detrás de la mesa y le indicó a él con un gesto que se sentase.

–Prefiero quedarme de pie.

Erin también permaneció de pie, para mantener la misma ventaja.

–¿Qué puedo hacer por usted, detective?

La mirada acerada recorrió la oficina antes de detenerse finalmente en Erin.

–Es con respecto al centro ese que está construyendo. Se rumorea de que es un centro de acogida para mujeres de policías.

Erin había imaginado que tarde o temprano se correría la voz, pero había esperado que tardase más en hacerlo.

–Si se diese el caso... ¿algún problema?

–El problema es que a algunos de nosotros no nos gusta. Le da mala imagen al departamento de policía, ¿se da cuenta?

–Lo cierto es, detective –dijo Erin, aferrándose al respaldo de su silla–, que el futuro centro no será únicamente para familiares de agentes del orden. Hay necesidad de un sitio seguro para mujeres maltratadas por cualquiera que sepa donde se encuentra el actual centro, de Langdon o de las zonas colindantes, incluyendo ciudades más grandes. No es nuestra intención despreciar a la policía. De hecho, necesitamos su ayuda en el centro que ya funciona.

–No me diga –lanzó él una carcajada amarga–. Nuestros chicos arriesgan la vida cuando intervienen en disputas domésticas. No puedo decirle las veces, cuando yo trabajaba en la calle, en la que los maridos celosos me amenazaban. Nosotros vamos allí para proteger a las mujeres, y ellas al día siguiente les pagan la fianza para que salgan de la cárcel. La gente necesita resolver sus problemas por sí solos. Estamos hartos del tema.

Al oírlo, Erin pensó que por más que el centro hubiese dedicado horas a educar a la gente, había algunos que todavía no comprendían la dinámica de los abusos sexuales. Y ese hombre era uno de ellos.

–No me diga –dijo Erin, perdiendo la paciencia y copiándole las palabras–. Y las mujeres están hartas del tema y de recibir golpes por todo el cuerpo.

Él apretó los puños y la cara se le puso colorada.

–¿Por qué no nos deja en paz? Ya tiene un sitio para ellas, ¿para qué necesita otro?

Ella se envaró, negándose a sentirse intimidada por un hombre cuyos motivos eran cuestionables, aunque llevase una placa.

–Porque algunos hombres no comprenden que golpear a sus esposas o sus novias es ilegal. Esas esposas y novias necesitan un sitio donde nadie las pueda encontrar.

–Los policías pueden ir donde quieran.

–Si se les impide, no.

Él la miró de arriba abajo lentamente con una mueca de suficiencia.

–¿Y quién va a impedirlo? ¿Usted?

Erin abrió la boca para responder, pero una voz profunda y controlada se lo impidió. Una voz llena de odio. La voz de Zach Miller.

El detective hizo una mueca desagradable.

–Estamos hablando de negocios, Miller. No te metas en esto.

–Sí –dijo Zach, dando un paso adelante–. No es mi intención meterme, a menos que sea necesario.

–Bien. Al menos has aprendido cuál es tu sitio.

–Pero dudo que tú lo hayas hecho.

Erin observó cómo las facciones de Zach se endurecían como si se le escaparan los últimos vestigios de su control. No podía permitir que eso sucediese, así que salió de detrás de la mesa.

–Detective Andrews –dijo–, el señor Miller es mi próxima cita, así que se ha acabado nuestro tiempo... –se dirigió a la puerta y la abrió–...puedo acompañarlo hasta la salida.

–No se preocupe –respondió Andrews–, puedo salir yo solo.

El detective pasó junto a Zach lanzándole una ácida mirada. Erin cerró la puerta y se apoyó contra ella.

Zach se quedó en medio de la habitación apretando el rollo del plano y mirando por donde se había ido el policía.

–¿Un viejo amigo? –preguntó Erin, retirándose de la puerta.

–Un viejo conocido, nunca hemos sido amigos.

Zach paseó por la habitación. Erin no habló, prefiriendo darle unos minutos para que se calmase.

Él corrió la cortina de la ventana y miró hacia el aparcamiento.

–¿Por qué estaba aquí?

–Siente curiosidad por el nuevo centro.

–¿Cómo sabe de su existencia? –preguntó Zach, alejándose de la ventana. Su enfado era casi palpable.

–El hecho de que mantengamos en secreto el sitio del nuevo centro no quiere decir que podamos evitar que la comunidad se entere de su existencia. Los departamentos de policía de la zona lo saben, y también el jefe de Langdon. Siempre nos hemos llevado bien. Muchos de los policías son buenos amigos míos. De hecho, casi todos comprenden la necesidad del centro. Desgraciadamente, el detective Andrews no.

–No me sorprende en absoluto.

Erin quería saber qué era exactamente lo que Zach escondía. ¿Cuál era su relación con Andrews? Pero más importante, ¿afectaría aquello al nuevo centro de acogida? Se dirigió hacia su mesa y buscó un lápiz y una libreta.

–¿Conoces al detective?

–Lo suficiente para saber que ese bastardo significa problemas.

–Parece que habéis tenido alguno en el pasado.

–Sí –dijo Zach, dando golpecitos con el plano en la esquina de la mesa–. Y no quiero hablar de ello ahora.

La intensidad con que lo dijo la advirtió a Erin de que no lo presionase, por mucho que lo deseaba. Más adelante, tendría que encontrar la oportunidad para hacerlo, pero no en aquel momento. Mientras él estuviese tan alterado, no.

–¿Estás listo para trabajar ahora?

–Desde luego –dijo él, esbozando una breve sonrisa–. He dejado la comida en la mesa de recepción. ¿Dónde vamos?

–A la sala de reuniones.

Zach estaba sentado enfrente de Erin ante la larguísima mesa y miraba su comida. Ron Andrews le había quitado el apetito, y tres años atrás le había arruinado la carrera. Cada vez que Zach se encontraba con Andrews, recordaba a otro rudo hombre, un hombre que también era muy respetado en su profesión: su padre.

Vernon Miller, un médico de éxito, tendría que haber sido el mentor de Zach, pero en realidad fue su vergüenza. Algo con lo que Zach tendría que vivir el resto de su vida. Algo que le había alterado la forma de pensar durante un tiempo, cuando más había necesitado tener la mente despejada. Pero no se había dado cuenta de su error hasta que fue demasiado tarde. Hasta haberle fallado a otra mujer de la misma forma en que le había fallado a su madre.

–Esto está estupendo –dijo Erin, volviendo a Zach a la realidad.

Era evidente que ella no tenía problemas para comer. Erin mordió un sándwich de huevo, despertando otro tipo de hambre en el estómago de él, haciéndolo pensar en todo tipo de posibilidades. Al menos ella era una forma agradable de olvidarse del encuentro anterior. Zach se preguntó qué pensaría ella sobre el enfrentamiento y luego decidió que no lo quería saber. Su pasado era suyo y no lo quería compartir con nadie.

–¿Te gusta? –le preguntó, haciendo a un lado los recuerdos y la comida. Entrelazó los dedos en la nuca y se recostó en el respaldo de la silla.

–Ajá –dijo ella, masticando un trozo de pollo–. No había tenido tiempo para comer –tomó un trago de té helado del vaso–. Tú no has comido demasiado.

–No tengo hambre –dijo él. Al menos, no tenía hambre de comida.

Supuso que ella haría algún comentario sobre Andrews.

–Ya he acabado –dijo–, así que pongámonos manos a la obra.

El código de honor de los oficiales de policía le impedía a Zach desvelarle demasiado, así que agradeció que ella no insistiese. Apreciaba muchas cosas de Erin Brailey.

Apartaron los restos de la cena para que Zach pudiese desenrollar el plano del centro de acogida. Erin sujetó el papel por las esquinas con su portafolio, un cuaderno, y dos pilas de los folletos de Rainbow Center y se inclinó para mirar el plano. Detrás de ella, Zach sintió su perfume agradable, erótico. Lo era también el vestido que llevaba, sin mangas, con cuello alto, de una tela azul suave que se le ajustaba a las curvas del cuerpo. Un vestido que quitaba el aliento a los hombres. Él lo sabía porque ya estaba boqueando por falta de aire.

Después de reprenderse mentalmente, se inclinó por encima de ella y señaló al mapa.

–Yo instalaré dos sensores aquí en el salón, con cables en todas las ventanas –dijo, indicando la puerta de entrada–. El control estará aquí, para poder activar el sistema desde aquí o desde la habitación donde se halla el administrador residente, en la parte posterior.

–¿Y fuera? –preguntó ella.

–Luces móviles –dijo Zach.

A pesar de su cautela, Zach se acercó más. Casi la tocaba por la espalda y su cuerpo reaccionó. Cuando hizo un gesto hacia el plano nuevamente, sus brazos se rozaron, causando que un reguero de fuego le recorriese el brazo. Si ese era el resultado de un simple roce, se preguntó si sobreviviría después de besarla. ¿Por qué pensaba en ello? Sus pensamientos se habían internado en terreno peligroso. En ese instante, en lo único que podía pensar era en besarla. Algo para deshacerse de la rabia que había sentido al enfrentarse con Andrews, algo para hacerlo olvidar. Pero necesitaba proceder con cautela.

–Si se rompe la vigilancia y el guarda necesita ayuda, ¿a quién llamará? –preguntó ella.

–A mí.

Ella se enderezó y lo miró por encima de su hombro, acercando aún más sus cuerpos y dejando sus rostros a unos centímetros de distancia. Estaba muy cerca, demasiado cerca para sentirse cómodo.

–¿Y si estás ocupado? –lo desafió ella.

Zach encontró cada vez más difícil concentrarse en el trabajo. Un fuerte deseo lo asaltaba y tuvo que hacer un esfuerzo para conservar el control.

–Llevo constantemente un teléfono móvil. Si no estoy disponible, cualquier otro de los hombres puede hacerse cargo de la situación. Pero no es mi intención ir a ningún sitio por ahora.

El comentario resonó en la sala. Zach dio un paso hacia atrás, dándole a su cuerpo un necesario respiro. Ella volvió su atención al plano.

–¿Y arriba?

–Lo mismo. Sensores en las ventanas y luces sensibles al movimiento.

–Me parece muy bien. La noche es un momento muy vulnerable. Pero es lo que más me gusta.

Se volvió a acercar a ella, que con su cálida voz lo atrajo como un imán.

–¿Tú también eres una persona noctámbula? –le preguntó.

–Si pudiese, me pasaría la noche en pie y dormiría durante el día.

–Yo también –dijo Zach sintiendo cómo una corriente eléctrica lo recorría, llegándole hasta justo debajo del cinturón. Necesitaba alejarse de ella pronto, o se dejaría llevar por alguna de las ideas más pecaminosas que se le ocurría. Pero parecía que tenía los pies pegados al suelo y se dejó llevar por el sonido de la voz sexy.

–¿Qué haces por la noche? –le preguntó ella, sin darse la vuelta.

–Veo la televisión, leo. A veces me bebo una cerveza y escucho mi música de jazz preferida. Y a veces cocino.

Nunca había hablado con tanta tranquilidad con una mujer sobre su vida personal. Había aprendido a no revelar demasiado sobre sí mismo. Pero Erin Brailey no era una mujer común.

–¿Cocinas? –rio ella, y su carcajada estaba llena de sorpresa–. Qué genial –le dijo, sin asomo de crítica–. Yo no sé ni hacer funcionar un microondas –le lanzó una mirada–. ¿Lo haces bien?

La forma en que le hizo la pregunta lo hizo preguntarse si se refería a su comportamiento en la cama o a sus habilidades culinarias. Probablemente eran solo ideas suyas. Fuera lo que fuese, la respuesta era la misma.

–Me gusta pensar que sí.

–Estoy segura –dijo ella, volviendo su interés al plano.

Sus suaves palabras lo hicieron imaginársela desnuda en sus brazos.

–¿Qué haces tú por la noche? –le preguntó.

–Poco. Una taza de té y un buen baño caliente.

La imagen de Erin en una bañera contribuyó poco a que se calmase su deseo.

–¿Sola? –le preguntó.

«Ten cuidado con lo que dices, Miller», se dijo.

–Creía que ya habíamos hablado de eso.

–¿Nadie que te frote la espalda?

–Tengo un cepillo que me sirve para eso perfectamente.

–Pero estoy seguro de que no es lo mismo –dijo él, a punto de perder el control totalmente pero incapaz de detenerse ya–. ¿No te sientes sola, Erin?

–A veces. Un poco –dijo Erin, consciente de que mentía. Estaba más que un poco sola. Echaba de menos a alguien con quien acomodarse en el sofá, alguien con quien comer frente a la tele, la presencia física de un hombre. Y además, aunque no quisiese reconocerlo, hacer el amor.

Pero no echaba de menos el desgaste emocional, la traición, el control. Sin embargo, no pudo evitar preguntarse hasta dónde llegaría con un hombre como Zach Miller, un protector, algo que ella no necesitaba. Y, además, un socio en los negocios. Pero la hacía sentirse viva, sentir algo que llevaba meses evitando. Quizás se pudiese dar un gusto, aunque solo fuese desde el punto de vista físico, siempre que se protegiese el corazón.

El cálido aliento de Zach le llegó a la nunca y se estremeció.

–¿Tienes frío? –le preguntó él.

–Sí –dijo ella. Mentirosa.

Él le recorrió los brazos desnudos con las manos, acariciándola desde los codos hasta los hombros y volviendo a bajar. Ella se relajó contra él, disfrutando de la suave caricia. La fuerza que él irradiaba desenterró deseos carnales que hacía tiempo que tenía dormidos.

–Esto es mucho mejor que un baño caliente.

Él le retiró el cabello y acercó sus labios a la oreja femenina.

–¿Estás segura de esto, Erin?

–No. Solo estoy segura de algo. Estoy cansada de hablar.

–Entonces responde a una pregunta más. ¿Cuándo fue la última vez que te besaron? Me refiero a un beso de verdad.

–Hace demasiado tiempo –dijo ella con un suspiro.

–Qué pena.

La dio la vuelta y ella lo miró a los ojos hipnóticos, seductores. Como si fuese en cámara lenta, acercó sus labios a los de ella. Ella respondió con un ansia acumulada igual a la de él. Se abrió a él, aceptó el juego de su lengua cuando esta penetró sus labios entreabiertos. Su sabor le despertó los sentidos y una oleada de calor la recorrió, encendiéndole zonas que hacía tiempo que estaban abandonadas por falta de tiempo o deseo.

En algún recóndito lugar de su mente ella sabía que debía detenerse. Detenerlo. Pero deseaba lo que estaba sucediendo. Como hacía mucho que no deseaba nada. Ya se ocuparía de las consecuencias más tarde. En aquel momento lo único que deseaba era sentir, no pensar.

Sin tener en cuenta el plano, Zach levantó a Erin y la sentó en el borde de la mesa sin dejar de besar su ansiosa boca. Se puso entre sus piernas, abriéndoselas. Ella sintió cómo se le subía la falda mucho más de lo que la decencia lo permitía. La atracción que sentía por él había destruido su habilidad para razonar, la hacía ansiar más. En ese mismo momento.

Zach separó sus labios de los de ella, pero conservó las manos apoyadas en sus muslos cubiertos por las medias de seda y su oscuros ojos fijos en los de ella. Le deslizó lentamente los dedos bajo la falda, quitándole el aliento y la poca voluntad que le restaba.

–Dime que me detenga, Erin.

Las palabras se formaron en la mente de Erin, pero se alejaron en el aire como una delicada pluma flotando en el viento. Zach la besó en el cuello.

–Te deseo, Erin. Ahora mismo. Así que dime que me vaya.

–No –dijo ella y apenas reconoció su voz. Se sentía totalmente desconocida.

Con un gemido animal Zach la acercó al borde de la mesa y selló los labios femeninos con los suyos. Lo único en que podía pensar ella era en los pulgares de él, acariciándole suavemente los muslos, en su beso que la hacía perder el sentido. El pulso del deseo le recorrió el cuerpo entero como deseo líquido, robándole todos los pensamientos.

«Locura», pensó. Era una locura permitir que aquello sucediese allí, cuando cualquiera podía entrar y sorprenderlos. Pero un deseo incontrolable los había unido. Un sitio donde solo la pasión existía, lejos de los errores anteriores. Por una vez, Erin deseaba perder el control.

Erin registró un sonido que se filtraba por la nebulosa de sus sentidos. Luego, desde la lejanía, sintió unos golpes en la puerta.

Capítulo Tres

–Erin, ¿estás ahí?

Oír a Gil fue como un cubo de agua fría para el ardor de Erin. Zach dio un paso hacia atrás y la ayudó a bajarse de la mesa y luego se sentó porque necesitaba disimular el efecto que el juego amoroso había tenido en su cuerpo. Acercó la silla a la mesa y alisó el arrugado plano lo más que pudo. Erin Brailey lo estaba volviendo loco.

Rápida como un rayo, Erin se bajó el vestido y le lanzó una mirada de preocupación mientras se dirigía a la puerta.

–Entra, Gil –dijo.

Gil Parks entró a la sala.

–Necesitaba... –su mirada fue de Erin a Zach, de Zach a Erin. Se subió las gafas por el puente de la nariz. Esbozó una sonrisa–. Miller, qué sorpresa encontrarte aquí.

–¿Cómo estás, Gil? –preguntó Zach.

–Bien. No te levantes.

Gracias a Dios. Zach no se podría haber puesto de pie sin haber perdido su dignidad. Dirigió su mirada a Erin, cuyos labios revelaban los recientes besos apasionados. También tenía la barbilla un poco enrojecida por el roce de su barba. Él se lo había hecho. El pensar en ello le causó más excitación si cabe, pero luego se sintió culpable al ver que el rubor de las mejillas de ella había sido reemplazado por palidez. Él también había sido el causante de aquello.

–¿Interrumpo? –preguntó Gil.

–No, en absoluto –dijo ella.

La voz de Erin pareció totalmente tranquila, pero Zach se dio cuenta de que había que ser un tonto para no darse cuenta de su aspecto. Gil no lo era, pero sí un buen amigo y estaba seguro de que no haría ningún comentario que los avergonzase. Al menos, no enfrente de Erin.

–La señorita Brailey y yo hemos estado mirando los planes de vigilancia –dijo Zach, haciéndose el desentendido.

Gil se acarició la barba.

–Ah, ¿habéis hecho mucho?

–Sí, pero estábamos a punto de acabar –dijo Erin, retirándose el cabello del rostro–. ¿Qué necesitabas?

–Lo cierto es que tengo el contrato de Zach y pensé que querrías revisar el aspecto económico. Ya que él está aquí, podríamos hacerlo entre los tres.

–Lo podéis hacer entre los dos –dijo Erin, agarrando su cartera–. Yo tengo que irme a casa, escuchar mis mensajes, darle de comer al gato.

–Si tú no tienes gato, Erin –esbozó Gil una sonrisa cínica.

–Es cierto, no lo tengo. Pero nunca se sabe si puede aparecer uno en la puerta. Me tengo que ir.

Zach la miró fijamente. Lo estaba dejando plantado.

–Sí, hágalo, señorita Bailey. Hablaré con usted mañana.

Ella se dirigió a la puerta. Con la mano en el picaporte, se dio la vuelta para mirarlos.

–Buenas noches, Gil. Y, señor Miller, gracias por su tiempo. Hasta pronto.

–Que duerma bien –le deseó Zach cuando ella salía–. Que disfrute del baño.

Erin lo fulminó con la mirada antes de cerrar la puerta.

–Demonios, Miller, tú sí que no pierdes el tiempo –dijo Gil, y su risita resonó en la habitación vacía.

Zach decidió que lo mejor sería hacerse el desentendido.

–No se puede perder el tiempo si se quiere montar un buen sistema de seguridad.

–Venga, Zach –dijo Gil, apoyándose contra la mesa–. En circunstancias normales, Erin hubiese repasado cada punto y coma del contrato. Era obvio que estaba turbada. Y tengo la sensación de que se debía a ti.

–Tenía prisa. Probablemente quería irse a la cama.

–Me parece que ambos queriais iros a la cama –rio Gil nuevamente–. Tú y Erin Brailey. Qué pareja. Perdona que no se me hubiese ocurrido.

–¿Has estado bebiendo, Gil? –preguntó Zach, y le dio rabia que su voz delatase que se hallaba a la defensiva. Siempre había sido capaz de esconder sus emociones.

–No mi iré de la lengua, Zach. Pero te lo advierto: jugar con Erin es jugar con fuego.

–¿Por qué? –preguntó. Ya se había quemado una vez.

Gil acercó otra silla y arrojó la carpeta sobre la mesa.

–Es una chica fuerte. Proviene de una familia con dinero. Su padre era senador por el estado y lo que más le importa en el mundo es su hijita. Probablemente se come a los posibles novios para desayunar.

Zach se pasó la mano por la cara y maldijo su estupidez.

–Así que Erin es la estimada hija del honorable Robert Brailey. ¿Qué más sabes de ella?

–Es una mujer llena de energía. Nunca ha estado casada. Vivió con un tipo durante un tiempo, un abogado de la empresa de su padre. Yo diría que ahora está casada con su trabajo.

Eso también lo sabía Zach.

–Entonces, no tiene novio.

–No –dijo Gil, esbozando una sonrisa maliciosa–. ¿También quieres solicitar ese puesto?

–Ni en broma –dijo él, sin demasiada confianza–. Me gusta, pero no quiero comprometerme.

–Ya lo sé, amiguito. Te conozco desde la secundaria y ya entonces les rompías los corazones a las chicas. Pero, a pesar del padre que tiene, Erin es la mejor. Es sexy a más no poder y, por añadidura, inteligente.

–No me digas –masculló Zach.

Sin embargo, aquella noche ella no había sido demasiado lista. Pero, por otro lado, ¿cómo iba a saber que lo mejor para los dos era que se mantuviese alejada de él?

Erin no sabía que hacer con respecto a Zach Miller. Se dio la vuelta hacia un lado y luego el otro en la cama, incapaz de aclararse con respecto al ex policía.

Recordó la sensación de sus manos cuando la acariciaban, de su boca sobre la de ella. Aunque el ventilador de techo estaba funcionando, se sentía acalorada, inquieta, ansiosa. Se dio la vuelta y hundió la cara en la almohada cubierta de satén. ¿Qué había estado pensando cuando permitió que las cosas llegasen tan lejos? ¿Qué pensaría él de ella?

Nunca había experimentado una pérdida de control tan grande. Nunca se había comportado de esa forma con nadie en el trabajo, ni siquiera con Warren. Aunque a Warren no se le hubiese ocurrido nunca hacer algo tan espontáneo. Durante los dos años que estuvieron juntos, apenas si la había tocado en público. Habían sido profesionales viviendo vidas de profesionales. Por algún extraño motivo, ella se había enamorado de él igualmente, o al menos, pensaba que lo había hecho. Él se había aprovechado de eso, tomando todo lo que ella podía darle o, en realidad, lo que el padre de ella podría darle y finalmente la había dejado cuando ella no cumplió las expectativas que él quería para la esposa perfecta de un abogado.

Zach parecía diferente. Más práctico. Fuerte y sensual. Un hombre que sabía cómo besar a una mujer, cómo acariciar a una mujer. Un hombre que sabía llevar la delantera. El tipo de hombre que ella había jurado evitar. Ella necesitaba llevar la delantera.

Sin embargo, necesitaba conocerlo más y enterarse de sus secretos. Después del enfrentamiento de él con el detective, ella había sido testigo de su rabia. Y más tarde, le había visto la tristeza reflejada en los ojos oscuros. A pesar de su aspecto de duro, había percibido su compasión. Pocos hombres darían un servicio a un centro de acogida de mujeres maltratadas sin sacar ningún provecho. Se preguntó si él tendría algún otro motivo oculto y quería averiguarlo.

Lo llamaría al día siguiente, quizás se disculparía por su comportamiento. La verdad era que no lamentaba en absoluto haberse dejado llevar. Y si tuviese que volverlo a hacer, no cambiaría nada. Era peligroso, porque tenía mucho que perder, empezando por su corazón.

No, no permitiría que eso sucediese. Si algo ocurría entre ella y Zach Miller, solo sería una relación física. Ella lo deseaba a él, era algo que no podía negar. Y parecía que él también la deseaba a ella. Entonces, ¿qué había de malo en que tuvieran una aventura amorosa? Ambos eran adultos. Y hacía mucho tiempo desde la última vez que había hecho el amor.

Luego se le ocurrió algo: ¿y si Zach retiraba su oferta debido a lo que estaba sucediendo entre los dos? No parecía demasiado satisfecho cuando lo dejó solo con Gil. Seguro que no lo haría, pero, ¿cómo podría asegurarse de ello?

No podía esperar hasta la mañana para hacer la llamada. No pegaría ojo hasta no saber si las cosas estaban bien entre ambos y no había puesto en peligro sus planes para el centro de acogida.

Al mirar el reloj se dio cuenta de que era cerca de la medianoche. Pero Zach había dicho que él era noctámbulo. Seguro que todavía no se había ido a la cama.

La medianoche había llegado y Zach estaba despierto. Sentado en el cómodo sillón de piel reclinable, había tomado dos tazas de café y se acababa de servir la tercera. El monótono tictac del reloj rompía el silencio de su apartamento. Pensó en encender el estéreo y sumergirse en las lúgubres notas de un saxofón, pero no estaba de humor para escuchar música. Lo que él quería hacer en ese momento no tenía nada que ver con la música.

Gracias a Erin Brailey no habría podido dormirse aunque su salud mental dependiese de ello. Afortunadamente, no necesitaba demasiadas horas de sueño, pero tenía la sensación de que no dormiría mucho las noches siguientes si no lograba hacer un esfuerzo por sacársela de la cabeza. Y no tenía ni idea de cómo lograrlo.

El sonido del teléfono lo sacó de su ensimismamiento.

Cielos. Lo único que le faltaba en ese momento era algún tipo de crisis de trabajo que sus hombres no pudiesen resolver. Pero, pensándolo bien, quizás era precisamente lo que necesitaba. Algo que lo obligase a quitarse a Erin de la cabeza.

–Miller, dígame –dijo, alargando la mano y agarrando el teléfono inalámbrico de la mesilla a su lado.

–¿Estabas dormido?

El cálido sonido de su voz le puso en alerta todos los sentidos. Enderezó el sillón y casi se tiró el café en el regazo. Quizás eso era justo lo que necesitaba.

–¿Erin?

–Sí, soy yo. Perdona que te llame tan tarde, pero no podía dormir.

–Yo tampoco –reconoció él, sin saber por qué. Por algún motivo tenía que ser totalmente sincero con ella a partir de aquel instante. Lo cual significaba que algún día le tendría que decir la verdad con respecto a Andrews. Pero en otro momento.

–Quería decirte que te agradezco lo que estás haciendo por el centro –dijo–. También quería decirte que me lo pasé bien esta noche.

Cuando el recuerdo de los besos de Erin le volvió a la cabeza, dejó el café sobre la mesilla. Si no lo hacía, corría el riesgo de hacerse quemaduras de tercer grado en el desnudo torso o en otra zona más sensible.

–No lo hubiese pensado, por la forma en que has salido corriendo.

–Ya lo sé. Supongo que tengo que pedirte perdón por dejarte solo con Gil. ¿Sospecha algo?

–Todo.

–Es un buen amigo –dijo ella, con una cálida carcajada sexy–, probablemente no le dará mayor importancia.

–Yo soy quien debería pedir perdón –dijo Zach–. No era mi intención perder el control de esa manera.

–Yo no lo lamento en absoluto.

–¿De veras? –preguntó él, aferrándose al teléfono.

–No. ¿Te sorprende?

Infiernos, claro que sí. Ella estaba llena de sorpresas.

–Nada más lejos de mí que avergonzarte frente a un colega.

–Gil no me preocupa. Lo que no quiero es que pienses que esto es algo que me ocurre con frecuencia.

Pensar en ello le causó a Zach placer.

–¿Con qué frecuencia te ha sucedido?

–Nunca.

–Me alegro –dijo Zach, con mayor placer aún.

El suave suspiro de ella se sintió a través de la línea telefónica.

–La relación entre nosotros podría complicar las cosas, Zach.

–Solo si nosotros lo permitimos.

–Seguimos teniendo un acuerdo de negocios, ¿verdad?

Se dio cuenta del motivo de la llamada de Erin. Para asegurarse de que todo estaba bien con respecto al centro. Comprendió y admiró la preocupación femenina, pero esperaba que ese no fuese el único motivo.

–Por supuesto. Nada ha cambiado con respecto a mis planes para el refugio. Y, en lo que concierne a nuestros negocios, podemos mantenerlos separados del placer.

–Eso podría resultar difícil.

Si ella seguía hablándole con esa voz susurrante, lo esperaba una larga y dura noche.

–Vivamos el presente por ahora. Conozcámonos mejor –le dijo.

–Entonces, lo que pase, pasará. ¿verdad?

Él pensó en la sala de reuniones y se dio cuenta de lo difícil que resultaría no ponerle las manos encima.

–Sí. Creo que es una buena idea.

–Hablando de conocerse mejor, ¿alguna vez has...? –titubeó–. Olvídalo.

–¿He... qué, Erin? –preguntó él, con curiosidad–. Como te he dicho antes, es mejor que seamos sinceros.

Siguió un largo silencio.

–¿Has tenido alguna vez una fantasía sexual? –preguntó finalmente ella.

–¿A qué te refieres? –preguntó él. Había logrado atraer su atención. Completamente.

–Hablar sobre fantasías. Por teléfono.

–No –dijo él, tragando con dificultad–. ¿Y tú?

–No, pero siempre he querido hacerlo. El teléfono te da una cierta libertad para expresarte sin inhibiciones, ¿no crees?

–Nunca lo había pensado antes, pero supongo que tienes razón –dijo. Nunca había hablado de sexo por teléfono antes, si eso era lo que ella le proponía, pero jamás nadie había dicho de él que no estuviese dispuesto a probar algo, al menos una vez–. De acuerdo, estoy dispuesto a hacerlo.

–Solo por curiosidad, ¿qué llevas puesto?

Él se levantó de la silla y se dio con la rodilla contra la mesa de café. Ni siquiera el dolor le amortiguó el impacto de la pregunta.

–¿Quieres que te dé detalles?

–Sí. Intento imaginarte. ¿Dónde te encuentras?

Él se paseó frente al sofá.

–Estoy de pie en mi salón en calzoncillos. Azul oscuro. Eso es todo.

–¿En serio? –dijo ella, con voz desilusionada.

–Me los quito cuando me voy a la cama.

Se hizo otra larga pausa.

Aunque él sentía que vadeaba aguas traicioneras, no pudo colgarla.

–¿Y tú? ¿Qué llevas?

–Una bata de satén.

–¿De qué color?

–Lila.

–¿Y debajo?

–Nada en absoluto.

De acuerdo, él se lo había buscado.

–¿Estás en la cama?

–En este momento estoy sentada en una tumbona en mi balcón. Es una noche hermosa. Clara y estrellada. Huelo las gardenias bajo mi ventana.

Normalmente, a él las estrellas y las flores le daban totalmente igual, pero su tono de voz le hizo apreciar cosas en las que no había pensado nunca antes.

–Entonces, ¿es una noche cálida?

–Demasiado cálida. Calurosa.

–Y la bata que llevas, ¿es fina?

–Sí, pero tengo calor.

La cualidad hipnótica de la voz femenina le hizo subir a Zach la temperatura varios grados.

–¿Te pueden ver?

–No, siempre que me quede echada en la tumbona. El balcón tiene una pared que impide que te vean los vecinos.

La imagen de Erin echada sobre la tumbona desnuda se le dibujó en la mente con tanta claridad como si la estuviese viendo. Aunque el juego que practicaban en ese momento era peligrosamente seductor y las apuestas eran altas, decidió participar activamente.

–Entonces, quizás deberías quitarte la bata, Erin.

–Quizás lo haga.

Zach contuvo la respiración mientras se hacía un nuevo silencio. Su imaginación corrió a mil por hora. Vio cómo ella se abría la bata, se la deslizaba por sus esbeltos hombros de la misma forma en que él había deseado quitarle el vestido hacía un rato. Se quedó de pie, quieto como una roca, intentando ignorar la presión que aumentaba en su ingle.

–Esto sí que está mejor –dijo ella finalmente.

Él respiró, pero los músculos de su estómago permanecieron tensos.

–¿Te la has quitado?

–Sí, me siento libre ahora. Deberías hacer lo mismo.

Él se pasó la mano por el pecho desnudo, imaginándose el contacto de ella.

–No tengo balcón.

–Quizás algún día puedas compartir el mío.

Una invitación interesante.

–¿Qué te parece esta noche?

–Pero, pero... –lo regañó ella–. Si vienes aquí esta noche, se convertiría en realidad, en vez de ser una fantasía.

–Y eso, ¿qué tiene de malo? –preguntó él, lanzando un suspiro frustrado.

–Acordamos que nos conoceríamos primero. Creo que por ahora será mejor que sigamos así. ¿Todavía tienes puestos los calzoncillos?

–Sí –y cada vez le apretaban más.

–Pues, me siento un poco cohibida, porque tú sigues vestido y yo no.

–¿Qué propones, entonces?

–¿Por qué no te los quitas?

Sabía la respuesta antes de que ella le hiciese la pregunta. Lo que quería era oírla.

Se dirigió al dormitorio donde se filtraba la luz de la luna. Sujetando el teléfono bajo la barbilla, enganchó los pulgares en la cinturilla de los calzoncillos. «Gil tiene razón, Miller. Estás jugando con fuego».

Qué más daba. Tenía que prepararse para dormir. Y al menos así estaría más cómodo, si eso fuese posible. Lo dudó un instante y luego se los deslizó por las piernas y se los quitó. Estaba libre, duro y ansiando hacer algo para aliviarse de su excitación.

–¿Zach? ¿Ya lo has hecho?

Se sentó en el borde de la cama.

–¿Dónde estás?

–Sentado en la cama.

–¿Qué tamaño tiene?

–¿Qué tamaño tiene qué? –preguntó. Infiernos, parecía un idiota.

–La cama –rio ella.

–Es bien grande. Y dura.

–Qué tentador.

–Me refiero a la cama –dijo él, deseando lanzar un gemido.

–Pero, por supuesto. A eso me refería –dijo ella con voz divertida–. ¿Te has echado?

–No. Estoy sentado a los pies de la cama.

–¿No te sientes incómodo?

Diablos, por supuesto que sí. Era una tortura. Peor que una tortura.

–Me encuentro bien –mintió–. Gracias por preguntarlo.

–De nada. Quiero que estés totalmente relajado.

Esta vez gimió de verdad.

–¿De veras crees que podría estar relajado pensando en ti desnuda en tu balcón?

–Yo pienso en ti también. Te imagino.

Dios santo, cómo quería estar con ella. Tocarla, hacer el amor. Ella era directa y desinhibida, sensual a más no poder. Algo que él apreciaba.

–Suponte que uno de estos días fuese a tu balcón. ¿Qué haríamos?

–¿Detalles?

–Eh, esta es tu fantasía. Hazla lo más detallada que puedas –y esperaba poder sobrevivir.

–Primero, tomaríamos vino. Un buen Chardonnay blanco bien frío, de la bodega de mi padre. Luego bailaríamos un poco tu música favorita de jazz. Y después, me besarías como lo has hecho hoy.

–¿Qué más? –le preguntó, totalmente atrapado por su fantasía.

–No lo sé. ¿Qué crees que pasaría después?

En su mente, hacía rato que había pasado la

etapa de los besos. Pero podía rebobinar y contarle a ella, paso a paso, exactamente lo que haría.

–Por empezar, tú llevarías el mismo vestido que hoy. Yo te bajaría la cremallera lentamente, porque ese vestido hay que quitarlo de esa forma. Llevarías un sujetador de encaje, que se abriría fácilmente. Luego, una vez que te lo quitase, y a todo lo demás, estarías allí desnuda, y yo te acariciaría, primero con mis manos y luego con mi boca.

–¿Dónde? –dijo ella, y su voz sonaba excitada.

–Por todos lados.

Oyó cómo ella contenía el aliento antes de hablar.

–Pero yo tendría que desvestirte a ti también. Comenzaría por tu camisa, la suave de lino que llevabas la primera vez que te vi –dijo ella–. Por supuesto, yo no soy tan paciente como tú. No me molestaría en desabrocharla, te la arrancaría de un tirón. Y luego los vaqueros. Te los quitaría lentamente, y no del todo.

No le costó trabajo imaginárselo y su cuerpo se tensó.

–¿Y luego, qué?

–Te tocaría.

El pulso de Zach se aceleró y su cuerpo gritó pidiendo alivio.

–¿Dónde exactamente pondrías las manos, Erin?

–¿Dónde querrías que las pusiese?

Todo su cuerpo reaccionó a su pregunta. Zach se movió en la cama, poniéndose más excitado con cada palabra seductora de ella. Tenía que acabar con el juego en aquel instante, antes de que le resultase imposible, antes de que agarrase el coche y fuese a la casa de ella para convertir una pequeña fantasía en realidad. Si ella quería hacerlo de esa forma por ahora, respetaría su deseo. Valía la pena esperar por algunas cosas.

–Erin, será mejor que lo dejemos. Si no lo hacemos, me presentaré en tu casa.

Ella lanzó un suspiro entrecortado.

–Sí –dijo–. Tienes razón. ¿Vendrás al centro mañana?

–No lo sé. No he mirado mi agenda.

¿Dónde había quedado su sinceridad? Sabía perfectamente que no tenía nada que hacer porque le había dicho a su secretaria que le dejase el día libre. Y sabía perfectamente dónde estaría.

–Bien, si puedes, pásate por mi despacho. Tendré tu copia del contrato.

Era sorprendente cómo ella había pasado a hablar del trabajo sin ningún sobresalto, como si hubiese apretado un botón.

–Desde luego, lo intentaré.

–Estupendo. Y Zach...

–¿Si?

–Algún día pronto quiero mostrarte mi balcón.

Aunque ella cortó, el cuerpo de Zach seguía vivo. Colgando el teléfono, se estiró de espaldas en la cama y consideró las posibilidades. Podía hacer una llamada y probablemente encontrar a alguien que le aliviase el deseo físico. La idea no le resultaba atractiva en absoluto. Quería a una sola mujer y esa mujer no estaba dispuesta. Al menos aquella noche.

Sería mejor que lo aceptase. Erin Brailey le estaba llegando hondo. La quería con un deseo que nunca había experimentado antes. Quería saberlo todo sobre ella, todas sus fantasías. Quería hacerlas a todas realidad. Pero era más que eso. No solo le atraía la sensualidad de ella, sino que también lo hacía su fuerza. Parecía que ella no tenía miedo a nada. Ella sabía lo que quería. Todo lo contrario que él.

Él no tenía idea de lo que buscaba. No confiaba en sí mismo lo suficiente para comprometerse, especialmente con alguien como Erin, una persona llena de compasión que probablemente necesitase más de lo que él pudiese darle nunca. Por encima de todo, amor. Él había crecido a la sombra del odio y aprendido lo que era la crueldad a edad muy temprana. También había visto lo que el amor le había hecho a su madre, llevándola a la tumba en su juventud con un paro cardíaco. Había sobrevivido las heridas que su marido le había infringido, pero se le había roto el corazón.

No, el entorno en el que él había crecido no había sido propicio para la ternura. Gracias a su padre.

Por ese motivo, solo, no tenía que liarse con Erin, por más que resultase atractiva la idea. Sin embargo, no creía que una sola vez con ella sería suficiente. Pero había algo que sabía que era verdad: si lograba dormir aquella noche, ella poblaría sus sueños.

Capítulo Cuatro

–No me lo puedo creer –dijo Erin, arrojando el periódico sobre el sofá de rayas azules. Se paseaba por la habitación de los niños de Rainbow House como un animal enjaulado. Sorteó una pila de juguetes que había estado ordenando antes de que Ann Vela, la asistente social, le llevase la mala noticia.

–Tranquilízate, Erin –le dijo Ann–. Es solo una carta al editor. No es tan terrible.

–Sí que lo es –dijo Erin, agarrando el periódico con violencia nuevamente y maldiciendo en silencio a Ron Andrews–. Oye lo que dice: *Rainbow House ha decidido meter sus narices donde no lo llaman al abrir un centro donde las mujeres de los policías puedan refugiarse después de una disputa familiar. Yo digo que no tienen por qué intervenir* –leyó Erin, haciendo un gesto de exasperación–. «Un sitio donde refugiarse después de una disputa familiar». ¡Dios, este hombre es un cavernícola! Y por su forma de decirlo, parece que el centro es solo para mujeres de policías. Se olvida de mencionar a propósito que también albergará a otros residentes que se sientan amenazados.

Erin levantó la vista, que se cruzó con los amables ojos de Ann, una mujer que tenía una habilidad especial para tranquilizar a la gente. Su talento hacía que tanto las residentes como Erin la considerasen imprescindible. Pero en aquel momento se necesitaba más que la tranquila actitud de Ann para tranquilizar a Erin.

–¿Qué piensas hacer al respecto? –preguntó Ann.

Erin le lanzó otra mirada al periódico mientras volvía a pasearse frente al sofá.

–Después de la forma en que ha atacado a la Fase II, probablemente me pondré en contacto con el periódico para ver si, ahora que se conoce la noticia, les interesa escribir un reportaje.

–Buen plan –dijo Ann pensativa.

–¿Qué te pasa? –preguntó Erin, al ver su preocupación.

–Este tipo, Andrews, ¿qué sabes de él?

–No demasiado.

–¿Crees que hay más tras este ataque verbal que la preocupación por la mala prensa para la policía?

Erin hizo una pausa y apoyó las manos en el respaldo del sofá.

–¿Y tú, qué crees?

Ann esbozó una sonrisa irónica.

–No me sorprendería si me enterase de que él maltrata a su mujer cada vez que llega a su casa.

–Podría ser. Por eso, quizás le estamos dando más importancia de la que tiene, porque no nos gusta lo que ha hecho.

Erin tenía la sensación de que Zach Miller podría aclarar ese tema, si lograba que hablase. Al pensar en él sintió un escalofrío de placer. No era la primera vez que lo recordaba durante ese día. Erin casi no se había podido concentrar en la reunión de personal aquella mañana. Luego había intentado clasificar algunos de los juguetes de los niños antes de que acabaran las clases, pero insistía en poner los que había que tirar en la pila equivocada. Zach le hacía perder el control de su mente de la misma forma en que le había hecho perder el control de su cuerpo la noche anterior.

Una sonrisa maliciosa se le dibujó en el rostro al pensar en la conversación telefónica que habían tenido. Desde luego que lo había sorprendido, pero él le había seguido el juego y Erin estaba segura de que le había gustado. Ella no estaba acostumbrada a tener conversaciones telefónicas eróticas, y tenía que agradecerle a Zach Miller su súbita pérdida de inhibiciones.

Ann le hizo gestos con la mano frente a los ojos.

–¿Hay alguien aquí?

–Sí –dijo Erin, ruborizándose–. Estaba pensando.

–«Quien solo se ríe, de sus picardías se acuerda» –sonrió Ann con malicia.

–Estoy haciendo planes –dijo Erin, devolviéndole la sonrisa. No se atrevió a decirle que su ensoñación tenía que ver con «picardías», aunque a Ann le gustaría saberlo, ya que la terapeuta insistía en que Erin «tenía que encontrar a un hombre». Desde luego que había encontrado a uno, uno que probablemente no era el adecuado para ella en absoluto.

Se le ocurrieron varias excusas para llamarlo por teléfono. No, dejaría que él diese el siguiente paso. Por el momento.

Mirando el reloj, Erin se dio cuenta de que en menos de una hora tenía que ir al centro nuevo.

–Será mejor que me ponga a trabajar.

–Erin –dijo Ann, señalando con una ligera cabezada la puerta que daba a la cocina.

En el umbral se encontraba una niña, delgada y pálida. Tenía las piernas como palillos de las que sobresalían las huesudas rodillas. El cabello fino y rubio casi le cubría el rostro. Cierta tristeza le quitaba el brillo a las profundidades de sus inocentes ojos azules.

Erin alargó la mano, decidiendo que no tenía tanta prisa después de todo.

–¿Qué te parece, Abby? ¿Quieres que terminemos nuestro libro?

–De acuerdo –asintió la niña.

Ann se dirigió a la escalera que se dirigía a los pisos superiores y su despacho. Se dio la vuelta hacia Erin y señaló a la niña.

–Lo que tú necesitas es tener uno propio.

Erin suspiró ante la insistencia de su amiga. Con el trabajo le bastaba.

–Déjalo ya, Ann.

–Ya veremos si el año que viene, cuando cumplas los treinta, no sientes que se ha iniciado la cuenta atrás –dijo, comenzando a subir las escaleras antes de que Erin pudiese responder.

Erin se burló para sí de las palabras de Ann y, agarrando el libro de la mesa de café, se sentó en el sofá. Dio unas palmadas al cojín a su lado.

–Ven aquí, cielo –invitó a la niña–, y veamos qué se trae entre manos esta vez *El gato en el sombrero.*

–¿Abby? –llamó una voz desde la cocina.

La niña se detuvo y se dio la vuelta. Nancy Guthrie entró en la habitación cojeando. Llevaba el cabello atado en una coleta en la nuca y su rostro se hallaba tan desvaído como el de su hija. El moretón del tamaño de un puño de su mandíbula había tomado un desagradable color amarillo verdoso. A pesar de ello, estaba mucho mejor que la semana anterior. Para llegar al centro de acogida, Nancy había viajado doscientas millas con su asustada niña y con solo lo puesto.

–Hola, Nancy –dijo Erin–. ¿Qué tal te ha ido en la entrevista de trabajo?

Nancy evitó mirar a Erin a los ojos, como si le tuviese miedo. Se cruzaba y descruzaba de manos compulsivamente.

–Supongo que bien. Me contestarán mañana –dijo.

–Estoy segura de que se te ha dado bien. Mantendremos los dedos cruzados.

–Gracias –dijo Nancy y tomó a Abby de la mano.

–Ven a la cocina conmigo, muñequita. Vamos a hacer la comida.

Abby le lanzó a Erin una mirada implorante. Erin levantó el libro.

–Yo la leeré un rato. Esta mañana estábamos a punto de llegar a lo mejor cuando se tuvo que ir al colegio.

–¿Estás segura? –dijo Nancy, mirando finalmente a Erin a los ojos.

–Desde luego –sonrió Erin–. No te preocupes.

–De acuerdo, entonces –dijo Nancy, inclinándose para rozarle la mejilla a su hija con un beso–. Pórtate bien, Abby.

Erin no se podía imaginar a Abby portándose mal. Desde que había llegado al centro, la niña apenas si había dicho dos palabras seguidas, y la madre tampoco. Erin no quiso ni pensar en el infierno que las dos habrían pasado. Los moretones del cuerpo de Nancy eran la prueba de la crueldad que habían soportado, pero Erin se preocupaba más por las cicatrices internas que tendrían la madre y la niña.

Erin suspiró. Qué contraste con su propia infancia protegida, con dos padres que la querían y le habían dado todo lo que ella podía haber deseado. Quizás su padre la había protegido demasiado a veces, pero nunca la había maltratado. Ni siquiera había amenazado nunca con darle un azote. Ella había crecido a salvo, sin preocupaciones. Ojalá pudiese hacer algo más para ayudar a que aquella niña se sintiese segura.

Abby se acercó al sofá y se sentó, a una distancia segura de Erin. Ella abrió el libro y lo inclinó para que Abby pudiese ver las ilustraciones, con cuidado de no invadir el espacio de la niña. La confianza era algo que Abby tendría que aprender por sí sola, sin que se la coaccionase en absoluto.

Erin comenzó a leer y, poco a poco, Abby se le

fue acercando. Cuando iban por la mitad de la segunda página, llamaron a la puerta. Pero antes de que Erin pudiese levantarse a abrir, Ann ya había bajado las escaleras.

–Yo abro –dijo.

Erin miró a Abby y notó un atisbo de miedo en sus ojos.

–Está bien, cielo. Seguro que es la señora Walker que viene a ayudarnos. La recuerdas, ¿verdad?

Abby se acercó a Erin y se apoyó contra su costado. Erin sintió pena por la niñita, a quien le habían robado la tranquilidad.

Antes de seguir leyendo, Erin le retiró a Abby un mechón de sedoso cabello de la frente. Algún día tendría una niña igual que Abby, excepto que en sus ojos querría ver alegría, no temor y opresión. Y, de repente, sintió como una oleada la necesidad de protegerla, de proteger a todos los niños. Ojalá pudiese hacer más.

–¿En qué puedo servirle?

Zach miró a la robusta mujer que lo miraba desde la puerta con cara de pocos amigos. Carraspeó e hizo caso omiso a la seria expresión masculina.

–Estoy buscando a Erin Brailey. ¿Está aquí?

–Quizás. ¿Quién la busca?

–Estoy a cargo de la seguridad de la Fase II.

La mujer frunció el ceño.

–¿Cómo se llama?

–Zach. Zach Miller.

–Su documento de identidad, por favor.

No lo habían interrogado tanto desde que era policía. Sacó la cartera y le mostró su tarjeta de visita, acompañada del carné de conducir. La mujer los agarró y los miró un momento antes de devolvérselos. Lo miró con desconfianza.

–¿Lo está esperando?

–No exactamente. Pero me conoce.

–De acuerdo –dijo ella, con voz resignada al ver que él no se iría. Abrió la puerta, y cuando él cruzó el umbral, añadió–: Quédese en el vestíbulo. Iré a buscarla.

Zach miró a la vigilante entrar a la habitación contigua. Al oír la voz de Erin, se retiró de la entrada para ver mejor.

Erin estaba sentada en un sofá azul con una niña delgaducha acurrucada contra ella y un libro de cuentos en el regazo. Vestía una falda rosa larga y vaporosa y una discreta blusa de punto. En los pies llevaba sandalias planas. Era la imagen de la maternidad.

Zach sintió el peso de la pena en su corazón al pensar en su propia madre. Ella le había leído con frecuencia, o al menos con toda la frecuencia que había podido. Sobre todo en las noches en que su padre trabajaba en el hospital y la casa estaba en calma. No había ruido de puñetazos o bofetadas, ni tampoco los ruegos de su madre y su llanto ahogado. Habían pasado buenos ratos, pero habían sido pocos y muy de vez en cuando.

Erin se levantó del sillón y le dio el libro a la niña. Antes de alejarse, le hizo una caricia con un gesto maternal. Zach la miró incrédulo. Aquella mujer era un enigma. Un camaleón. No solo lo sorprendía verle ese lado a Erin Brailey, sino que estaba decididamente intrigado. Era obvio que Erin tenía una enorme debilidad por los niños. Cuando ella se dirigió hacia la entrada, sus ojos se encontraron y ella sonrió. Se acercó y a Zach se le aceleró el pulso, porque aunque intentara negarlo, con solo verla sentía una excitación que le recorría el cuerpo como un reguero de pólvora.

–Buenas tardes –dijo ella–. ¿Cómo nos has encontrado?

–He pasado por las oficinas y Cathy me ha dado instrucciones de cómo llegar.

–¿De veras? –dijo Erin, levantando una ceja–. Supongo que esgrimiste tus encantos y ella se fue de la lengua.

A Zach le pareció detectar celos en la voz de Erin, pero decidió que sería su imaginación.

–¿Cuántos residentes se alojan en este sitio? –preguntó, mirando de un lado a otro.

–Alrededor de unos veinte. A veces, se nos queda pequeño –dijo ella. La tristeza de su voz reafirmó su entrega a la causa.

La admiración que Zach sentía por Erin aumentó. Contrastaba totalmente con las mujeres a las que ayudaba diariamente. Su propia madre no había sabido defenderse, y algunas veces él la había odiado por no ser más fuerte.

–No me has dicho a qué has venido –le dijo Erin.

Él optó por decir la verdad a medias.

–Me dijiste que podía venir a recoger el contrato.

Ella se ruborizó.

–¿De veras? Me lo he dejado en mi despacho. ¿Puedes volver mañana?

–Por supuesto. Pero ya que estoy aquí, me gustaría hacerte unas preguntas sobre el sistema.

–No tengo mucho tiempo –dijo ella, consultando el reloj–. Iba a cambiarme de ropa e ir al centro nuevo.

–No me llevará mucho rato.

Erin miró por encima del hombro al salón de las residentes y luego volvió a mirar a Zach.

–Mira, este no es un sitio en que los hombres sean bienvenidos. Las residentes femeninas se ponen nerviosas si oyen una voz masculina. Cuando estés libre esta tarde, ¿por qué no vienes a verme al otro centro? Es decir, si todavía sigue en pie tu oferta de ayudarme a pintar. Podremos hablar entonces.

Estar a solas con Erin era lo mejor que podía hacer, pero Zach se prometió mantener el control aunque tuviese que darse una ducha fría.

–De acuerdo. Iré a casa a cambiarme, te veré allí dentro de una hora.

La sonrisa de ella se hizo más profunda y se le reflejó en los ojos azules.

–Perfecto. Te espero, entonces.

Zach llegó a la Fase II en un tiempo récord: cuarenta y cinco minutos. Tanta prisa tenía por volver a ver a Erin, que temió haber llegado antes que ella, pero se calmó al ver el pequeño convertible rojo aparcado en la entrada. Era un tipo de coche que iba bien con la personalidad de Erin.

Al bajar de la camioneta, Zach hizo un esfuerzo por tranquilizarse y caminar más despacio. Dios santo, parecía un crío en su primera cita.

–¿Erin? –llamó al abrir la puerta.

–Estoy aquí, en la habitación de los conejitos.

Tendría que haberse imaginado que estaría en ese sitio. Era evidente lo mucho que le gustaba aquella habitación. Cuando entró, esperaba encontrársela con un par de vaqueros viejos y una camiseta, cubierta de pintura de la cabeza a los pies. Pero, como siempre, lo sorprendió.

Se hallaba subida a la parte de arriba de la escalera colocando la greca de los conejitos en la pared. En vez de los vaqueros y la camiseta que él se había imaginado, llevaba un delantal y una blusa sin mangas. Tenía el cabello recogido en lo alto de la cabeza y algunos mechones dorados se le habían escapado del moño, cayéndole por la nuca y las orejas. Estaba de lo más sexy.

Se quedó paralizado en la puerta al verla, apreciando con creciente deseo sus pechos llenos, sus brazos firmes y sus torneadas pantorrillas. Desde luego que estaba actuando como un crío en su primera cita.

–Pareces una profesional –dijo, sin poder evitar recordar la conversación de la noche anterior y la imagen de Erin desnuda en su balcón. Se metió las manos en los bolsillos con la intención de disimular su excitación si su cuerpo se negaba a obedecer a su cerebro. Se acercó a la escalera para mirar el trabajo en vez de a ella.

–Qué va –dijo Erin. Lo miró y sonrió–. Una profesional la arrancaría y comenzaría de nuevo –bajó dos escalones y se apoyó contra la escalera para mirar–. Está un poco torcida.

–No, yo creo que está bien –dijo Zach, volviendo a mirar el zócalo de conejitos.

–Si tú lo dices –dijo ella, acabando de bajar la escalera y dirigiéndose a un gran trozo de papel que se hallaba en el suelo. En vez de arrodillarse, se inclinó para agarrarlo y Zach tuvo que hacer un esfuerzo por no gemir. El delantal se le levantó, descubriendo por un instante la parte posterior de sus muslos.

Infiernos, aquello era una locura. ¿Cómo iba a controlar sus manos cuando se conociesen mejor? Quizás con el tiempo el verla no le causaría el mismo efecto. Pero no se imaginaba cansándose de mirarla o de estar con ella.

–¿Me puedes ayudar con esto? –le pidió Erin.

–Por supuesto. ¿Qué quieres que haga?

–Ayúdame a sujetar el papel contra la pared. Estoy tratando de decidir qué lado voy a empapelar porque solo tenemos suficiente papel para una sola pared.

Él tomó el papel de un lado, ella del otro y lo sujetaron contra la pared oeste.

–¿Qué te parece? –preguntó ella, mirando el diseño floral amarillo y clavándole a Zach sus ojos azules.

–Desde aquí, no sabría qué decir.

–Entonces, déjame que lo sujete en alto para que tú me des tu opinión.

–Erin –dijo él, lanzando un bufido frustrado–, la verdad es que sé poco y nada de papel de paredes.

–Y yo, ¿qué crees? –dijo ella, cambiando la expresión de concentración por una sonrisa–. Vete para allá y dime si queda bien en esta pared. Luego lo puedes sujetar tú y yo haré lo mismo.

Decidido a no discutir con ella, Zach soltó el papel y se dirigió a la puerta. Al darse la vuelta, se quedó de piedra. Ella le daba la espalda y tenía los brazos extendidos por encima de la cabeza sujetando el papel. El delantal se le había levantado, mostrando más arriba de sus muslos y haciendo que la imaginación de Zach se desbordase.

–¿Y? –preguntó ella, lanzándole una rápida mirada por encima del hombro.

–Queda muy bien.

–¿Estás seguro?

–Nunca he estado más seguro en mi vida.

–Entonces, lo pondré aquí.

–¿No quieres mirar tú?

–No, confío en ti.

«Preciosa, no te lo recomiendo».

Zach corrió hacia ella y agarró el papel cuando este se comenzó a doblar. Sus cuerpos se rozaron, encendiendo llamaradas que lo consumieron. Ella se hizo a un lado y en silencio colocaron el papel con el dibujo hacia abajo en el suelo.

–¿Y ahora?

–Tengo que humedecerlo y luego lo colocaremos.

–De acuerdo. Manos a la obra.

Colocaron el papel con esmero mientras Zach batallaba con su cuerpo. Cada roce de sus cuerpos era como una chispa que despertaba su fantasía y el deseo que sentía por Erin mientras trabajaban y hablaban.

Después de discutir sobre cámaras de vigilancia y turnos de guardia, él guió la conversación para que Erin hablase de sí misma. Ella lo hizo con un gran sentido del humor cuando se trataba de sus limitadas cualidades domésticas, con un compromiso intenso cuando se refería a su trabajo y con una gran compasión al mencionar el hogar de los niños. Zach se hubiese quedado horas oyéndola hablar de cualquier cosa. Hasta le causaron risa sus chistes malos, porque ella era sin duda la mujer más fascinante que había conocido en su vida.

Cuando acabaron de poner el papel, Erin lo miró.

–¿Has visto el *Herald* de hoy?

–No, normalmente leo el periódico por la noche. ¿Por qué?

Ella se enjugó la frente con el dorso de la mano.

–Pues parece que Ron Andrews ha enviado una carta al editor quejándose.

Zach no estaba muy seguro de querer saber el contenido de la carta, pero se vio obligado a preguntar.

–¿Y de qué se queja Ron Andrews ahora?

–De la Fase II. Parece que está furioso por la mala prensa que el centro de acogida significará para el Departamento de Policía, así que ha decidido darle un poco de publicidad innecesaria.

–Lo hace para desahogarse. Ya se le pasará.

–Intentaré convencer al periódico de que haga un reportaje favorable –dijo Erin, pasándose las manos por el delantal–, completo, con estadísticas que apoyen la necesidad de este nuevo refugio.

–Parece una buena idea.

–¿Quieres ayudar? –sonrió ella.

No, no quería. Lo último que le faltaba era empeorar más las cosas entre él y Andrews.

–¿Qué tienes en mente?

–Dime lo que sabes de Ron Andrews –dijo ella, retirándose un mechón de cabello del rostro–. Como persona.

Intentó evitar dar una respuesta concreta.

–El típico tipo que se enfurece fácilmente. Educado en la escuela tradicional que sostiene que una mujer debe de saber su sitio.

–Mi personaje predilecto –dijo ella con una mueca–. Apuesto a que se golpea el pecho como un gorila antes de golpear a su mujer.

–¿Qué te hace pensar eso? –preguntó Zach, mientras la alarma comenzaba a sonar en sus oídos.

–Una intuición. ¿Me equivoco?

Zach logró mantener un semblante indiferente.

–Mira, Erin, lo que Andrews haga con su vida privada no es de mi incumbencia –dijo, tragando con un esfuerzo. No era exactamente una mentira, solo evitar decir la verdad.

–De acuerdo –dijo ella, con expresión desconfiada–, está claro que no quieres ayudarme en este momento –concluyó, pero su tono implicaba que no había acabado con el interrogatorio.

Zach decidió que la distracción sería la mejor forma de evitar más preguntas sobre Andrews, por lo que tomó la mano femenina y se la frotó por la barba incipiente.

–Acabo de ayudarte a colocar el papel, ¿verdad?

–Qué despiste, me había olvidado –sonrió ella.

–Te invito a cenar esta noche.

Ella se miró y luego lo miró a él.

–Estoy hecha un desastre. Tardaría un rato en arreglarme.

–No importa. Al sitio donde pensaba llevarte no hace falta ir arreglado.

–¿Te refieres a una hamburguesería?
–No. A mi casa.

Después de dejar su deportivo frente a las oficinas, Erin había ido en la camioneta con Zach hasta el apartamento de él. De camino, cada bache le había hecho saltar el estómago como si hubiese estado en la montaña rusa. Cada palabra que él decía le había hecho dar un vuelco al corazón. A pesar de haber accedido a ir a su casa con la esperanza de que Zach le hablase de Andrews, no podía calmar la excitación de estar sola con él y el peligro que ello suponía.

Estaba sentada en un taburete de mimbre en la cocina mientras Zach revolvía una salsa. Miró a su alrededor, agradablemente sorprendida por su moderno equipamiento y el salón comedor contiguo. El apartamento era más grande de lo que ella se había imaginado, amueblado con elegancia. Tenía un sofá color blanco moderno, sillas rayadas y una cómoda antigua. Una mezcla ecléctica de estilos que pregonaba buen gusto. Lo más probable era que alguien más lo hubiese decorado, probablemente una mujer.

Erin hizo caso omiso a la súbita sensación de celos que sintió para prestarle atención a Zach. En aquel momento, el único sonido que se oía era el agua hirviendo en la cacerola. El aroma a hierbas de la salsa perfumaba la cocina, recordándole a Erin que no había comido en todo el día. Pero el panorama le interesaba más que la comida.

Los hombros de Zach eran casi tan anchos como la cocina de acero inoxidable frente a la cual se hallaba. Su musculosa espalda, marcada por el polo azul, se estrechaba en la cintura y cuando él se movía, se entreabría un pequeño roto justo debajo del bolsillo trasero de sus vaqueros gastados. Si miraba con detenimiento, podía divisar un trozo de piel. Se imaginó que acariciaba con la yema del dedo ese trocito de piel tentador, que lo abría más, quizás lo rompía...

Dios santo, necesitaba recordar los motivos por los que se encontraba allí: información sobre Ron Andrews. Sin embargo, tenía que reconocer que no solo sentía curiosidad por las habilidades culinarias de Zach. La llamada de la noche anterior había sido divertida, sexy y segura. Un preludio sexual.

Pero, ¿estaba dispuesta a acostarse con él? Si tenía en cuenta la atracción física que sentían, le pareció que el tema no quedaría en solo palabras. Sin embargo, tenía que mantener las riendas de sus emociones.

–Qué silenciosa estás –la grave voz rompió el silencio mientras él echaba dos puñados de espagueti en la cacerola con agua.

–Es que estoy un poco cansada.

–Enseguida estará la cena. Dentro de unos quince minutos. Y hoy es miércoles, así que solo faltan dos días para que llegue el fin de semana y entonces podrás descansar.

–Hablando del fin de semana –dijo Erin. Se le había ocurrido una idea brillante–, ¿tienes plan para el viernes por la noche?

Él dejó de revolver la salsa y se dirigió al frigorífico, de donde sacó dos cervezas. Le alargó una a ella sin mirarla a los ojos.

–Generalmente no hago planes con tanta antelación porque no sé si tendré que cancelarlos.

–Pues, si no estás ocupado, tengo una proposición que hacerte.

Él apoyó la espalda contra la encimera, cruzó las piernas a la altura de los tobillos y tomó un trago de su cerveza.

–¿Qué tienes en mente?

–Mi padre da una fiesta para posibles benefactores del centro nuevo. Lo típico, un cóctel.

Él dejó la cerveza sobre la encimera y se dio la vuelta hacia la cocina.

–Ese no es exactamente el medio en que me muevo yo.

–El mío tampoco, pero me temo que va con el empleo.

–¿Qué se supone que deba hacer?

–Acompañarme y responder preguntas sobre el sistema de seguridad en caso de que surgiese alguna –dijo Erin. El movimiento de la mano masculina mientras jugueteaba con la cuchara de palo la fascinaba. Le encantaban sus manos.

–Probablemente pueda hacer un hueco en mi agenda para asistir –dijo él.

A Erin se le aceleró el pulso y soltó la respiración que contenía.

–Bien. Te pasaré a buscar a eso de las siete.

–¿Tú me pasarás a buscar a mí?

–Sí. No es un problema, ¿verdad?, que te recoja una mujer.

–Yo no he dicho eso. Estoy seguro de que llegaremos sanos y salvos.

Ella se bajó del taburete y se acercó a la cocina. Poniéndose de puntillas, intentó espiar por encima del hombro masculino para ver lo que cocinaba sin lograrlo. Él se movió de un lado al otro para impedírselo.

–No vale hacer trampa –dijo él bromeando.

–No es justo –protestó ella–. Merezco saber qué voy a comer.

Él agarró otra cuchara de palo de un recipiente de porcelana con un montón de utensilios. La metió en la salsa y la acercó a sus labios para soplarla antes de ofrecérsela a ella.

–Prueba un poquito.

Erin sintió deseos de juguetear un poco. La cena

podía esperar y sus preguntas también, al menos por un rato. Parecía que el controlado, frío y calmado ex policía estaba dispuesto a tomar un aperitivo antes de la comida. Había solo una forma de averiguarlo.

En vez de tomar la cuchara, ella mojó el dedo en el cremoso líquido blanco y se lo metió lentamente en la boca. Se tomó su tiempo, chupándolo en un gesto sensual del cual él no perdió detalle.

–Está muy buena –dijo ella, lamiéndose con la lengua el labio inferior–. Sabía que lo estaría.

Él volvió a hundir la cuchara en la salsa y le ofreció más.

–¿No habías dicho un poquito? –sonrió ella.

–A veces no alcanza con una sola vez.

Ella le agarró la muñeca y se llevó la cuchara a los labios. Con la puntita de la lengua lamió unas gotas.

–Tienes razón. Este poquito hace que quiera aún más.

La mirada masculina se dirigió a los labios de Erin y luego a sus ojos.

–¿Cuánto más?

La atracción que sentía por él no se podía explicar lógicamente, pero no quería ponerse a analizar los motivos en aquel momento.

–No quiero un compromiso serio, si eso es lo que preguntas. No tengo tiempo para ese tipo de relación –dijo, pero sus palabras le sonaron falsas. Por primera vez en mucho tiempo, la idea de tener una relación seria no le causaba agobio. Luego recordó cómo se había equivocado con Warren. Por su propio bien y el de Zach, lo mejor sería una relación sin ataduras.

El brillo sensual de los ojos de él se apagó, endureciéndose su expresión.

–Entonces, ¿no estás dispuesta a considerar la posibilidad de algo serio?

–En absoluto.

Pero, ¿estaba realmente dispuesta a arriesgarlo todo para lograr tan poco a cambio? Desde luego que sí. No sentía deseos de complicarse la vida. Ella se sentía independiente y quería seguir siéndolo, temía iniciar algo nuevo.

Haciendo a un lado sus preocupaciones, Erin levantó la mano y lo tomó de la barbilla oscura debido a la barba incipiente.

–Cuando quiero algo, generalmente lo consigo –le dijo a Zach.

–¿Siempre estás tan segura de ti misma?

–Siempre.

Era una mentira razonable. No habría llegado a nada en la vida si se hubiese dejado dominar por la inseguridad. En aquel momento se preguntó si no estaría cometiendo un error. Pero ya la habían dejado otras veces y había logrado superarlo bien. O casi. Además, en aquella ocasión, sería ella quien lo dejase a él.

Erin miró la fuerte mandíbula de Zach, notando la forma en que la sombra de la barba le acentuaba los sensuales labios. Él la miraba como si supiese algunos de sus secretos. Le hablaba como si quisiese conocerlos todos. Ella decididamente quería conocer los de él.

Zach le cubrió la mano con la suya y le acarició los nudillos.

–¿Qué es lo que deseas, Erin Brailey?

–A ti, Zach. Te deseo a ti.

Capítulo Cinco

La cuchara cayó al suelo con estrépito cuando Zach tomó a Erin en sus brazos y reclamó sus labios. Sus cuerpos se unieron como piezas de un rompecabezas, encajando el uno en el otro perfectamente. El juego erótico que él hizo con su lengua, sus dientes, sus labios hizo que una oleada de calor recorriese el cuerpo de Erin, como un reguero de fuego.

Fuego. La cocina. Erin se separó de él reticentemente.

–Si no tienes cuidado, se quemará la cena.

Zach lanzó un improperio y, manteniéndole un brazo alrededor de la cintura, se dio la vuelta para apagar los quemadores. Sin previa advertencia, la levantó y la sentó sobre el taburete de mimbre. Ella lanzó un leve grito y se aferró a sus hombros cuando él la besó en la oreja y jugueteó con los ganchos del peto que ella llevaba.

«Hazlo», pensó con tanta fuerza que se preguntó si no lo habría dicho en voz alta. Él pareció leerle la mente, porque con hábiles dedos le desenganchó los tirantes y el peto cayó hacia delante, mientras que los ganchos caían hacia atrás con estrépito sobre la encimera de granito.

–Espero que no se haya roto la encimera.

–No te preocupes, es muy dura.

–¿Muy dura? –preguntó ella, acariciándole los bíceps.

–No te imaginas cuánto, cielo –dijo él, besándole la palma de la mano sin separar su mirada de la de ella.

Cuando Zach volvió a cubrirle la boca con sus labios para darle otro beso, Erin sintió que se le aflojaban las piernas y le faltaba el oxígeno, pero, de una forma irracional, se desabrochó los dos primeros botones de la blusa para que Zach tuviese acceso a sus pechos, que lo esperaban ansiosos. Él se separó para acabar de desabrocharle el resto de los botones. El aire fresco le rozó a Erin la piel, haciendo que los pezones se le apretasen contra el encaje del sujetador, pero luego Zach le cubrió los pechos con el calor de sus manos y se los acarició, rozándole los pezones con los pulgares. Con eso no le bastaba a Erin. Quería sentir las callosas manos masculinas contra su piel. Luego, con un rápido movimiento, él le abrió el cierre delantero del sujetador y Erin se hundió en un torbellino de anticipación.

Zach le abrió la camisa y cuando él se apartó, el impulso de Erin fue de cubrirse. Pero él la agarró de las muñecas y se las sujetó a los lados, dejándola completamente expuesta ante sus ojos.

–Quiero mirarte –murmuró. Le buscó los ojos con los suyos–. Eres increíble.

Erin sintió un poco de vergüenza ante la forma en que él la recorrió con los ojos, como si fuese una pintura valiosa. Nunca se había sentido tan especial antes, tan hermosa, tan excitada.

Soltándole las muñecas, él le abarcó con las manos los pechos y continuó con su erótica caricia. Ella se echó hacia atrás, apoyándose con los codos en la encimara y Zach le masajeó los pezones. Cerró los ojos al entregarse a su caricia, pero la ronca voz de él la sacó de la nube de placer en que se hallaba.

–Mírame, Erin –dijo él, y con un esfuerzo ella abrió los ojos–. Quiero que veas lo que hago.

Ella bajó la mirada y lo observó mientras él le apretaba suavemente los pezones, endurecidos de placer. El deseo le surgió en el vientre y se le agolpó entre los muslos, humedeciéndola con su fuego líquido. Él le tocó los labios con un dedo y ella instintivamente se lo agarró entre sus labios. Zach entonces lo sacó y le humedeció el pezón con él.

En ese momento Erin se dio cuenta de que no estaría satisfecha hasta que hubiese experimentado toda la maestría de ese hombre.

Él se volvió a inclinar hacia delante para darle un suave beso y meterle la lengua entre los labios, en sincronía con sus caricias. Luego besó suavemente el cuello y la clavícula femeninos, continuando por el valle entre sus pechos. Cuando sus labios se cerraron sobre su pezón, Erin no pudo evitar lanzar un gemido.

–Así que te gusta, ¿verdad? –dijo él, levantando la cabeza.

Hubiera deseado gritarle que sí, pero no pudo articular palabra. En vez de ello, le tomó la cabeza entre las manos y volvió a inclinarlo hacia ella, siguiendo el ritmo de sus movimientos mientras él le dedicaba igual atención a cada uno de sus pechos, recorriéndole la aureola a cada erguida cúspide, haciéndola volver a gemir. Y cuando él la soltó, ella gimió nuevamente ante su pérdida.

La mano de él le recorrió el abdomen por debajo del peto y le deslizó un dedo bajo el elástico de las braguitas.

–¿Quieres más?

Ella asintió con la cabeza, presa de una jadeante excitación. El tiempo pareció suspenderse mientras esperaba lo que iba a llegar.

Pero, de repente, el irritante sonido de un busca la volvió de golpe a la realidad, un sitio donde en ese momento no quería estar.

–¡Infiernos! –masculló Zach mientras sacaba la

mano de entre las ropas de ella–. Será mejor que tengan un motivo serio para llamar –se dirigió al comedor y agarró su busca.

El busca volvió a sonar en la cocina.

–Es el mío –dijo Erin. Lo agarró de donde lo había dejado, en el bolso sobre la encimera y apretó el botón–. Es del centro.

Zach se pasó los dedos por el cabello con frustración.

–¿Siempre te llaman después del horario de trabajo?

–No, a menos que sea una emergencia. Tengo que ponerme en contacto.

–Ahí lo tienes –dijo él, señalando el teléfono, que colgaba en la pared de la cocina.

Ella se abrochó la blusa y el peto y se bajó del taburete para llamar al centro.

–Rainbow House –contestó Ann, con voz tensa, en cuanto el aparato sonó dos veces.

–¿Qué pasa?

–Erin. Gracias a Dios. Tienes que venir inmediatamente.

–¿Es muy serio? –preguntó Erin, nerviosa. Estaba acostumbrada a resolver problemas, pero ello no quitaba que se preocupase igual.

–Tenemos una nueva residente y creo que su esposo no resultará fácil.

–¿Siguió al conductor?

–No, pero me parece que sabe dónde está ella de todos modos.

–¿Ya has avisado a la policía? –preguntó Erin, pero obtuvo un silencio como respuesta–. Ann, habla.

–Él es policía.

Erin había tenido esperanzas de que pudiesen evitar una situación como aquella hasta que abriesen el nuevo centro, pero, por lo visto, no había tenido suerte.

–¿Quién es, Ann?
–El detective Ron Andrews.

Zach notó el cambio inmediato en Erin, que apretó el auricular hasta que se le pusieron los nudillos blancos.

–Voy para allá –dijo ella, colgando.

–Parece que te tienes que ir –dijo él, intentando, sin éxito, disimular su desilusión.

–Sí –dijo ella, aferrándose al respaldo de una silla–. Pero antes, tengo que hacerte una pregunta.

–Adelante.

–¿Qué sabes de la mujer de Ron Andrews?

Zach sintió como si le hubiesen dado un puñetazo en el estómago. Estuvo a punto de volver a mentir, pero la verdad tendría que salir a la luz tarde o temprano.

–Era mi compañera.

–¿Los dos son policías? –preguntó Erin, y se le agrandaron los ojos por la sorpresa–. ¿Por qué no me lo has dicho antes?

–No estaba de humor para hablar de ello esta noche.

Erin apartó la mirada y luego sus ojos azules se dirigieron a Zach nuevamente.

–¿Estábais muy unidos?

–Trabajamos hombro con hombro durante cinco años. Eso te hace unirte mucho.

–Entonces sería lógico pensar que sabes mucho de su vida privada, es decir, la relación con su marido.

Zach suspiró. Tendía que haberle dicho la verdad desde el principio.

–Si te refieres a que el bastardo la maltrata, entonces, sí, lo sé.

–¿Y no te molestaste en decírmelo? –dijo ella, dejando el busca sobre la mesa, junto al de él y poniendo distancia entre los dos.

–Me pareció que no tenía por qué meterme –años atrás se había metido y le había costado su carrera–. ¿Cómo te has enterado?

–La mujer de Andrews está en el centro de acogida.

Zach pensó en las veces que había visto a Beth Andrews golpeada como si se hubiese enfrentado con una pandilla de matones y perdido. Ella siempre ponía excusas para los moretones y se negaba a ir al hospital. También era una de las mejores policías que conocía, y muy inteligente. Excepto en lo que concernía a disculpar a su marido.

Zach deseó haber hecho más en su momento, haber insistido un poco. Quizás así aquello no hubiese sucedido. Pero no lo había hecho y ella se había quedado con ese imbécil. El pasado volvía para pasarle la factura.

–¿Está muy mal? Me sorprende que haya ido al centro.

–Debes de conocerla muy bien.

Él empujó la silla contra la mesa. Otra vez lo mismo. Bastante con las acusaciones que Ronnie le había hechos todos los días durante años.

–No me he acostado con ella, si eso es lo que insinúas. Solo intenté ayudarla.

–Fue un comentario –dijo Erin, acercándosele. La expresión de su rostro se había suavizado–. Ayúdala ahora.

–Hace mucho tiempo que decidí no meterme en el tema –dijo él, mirándola a los ojos, que reflejaban verdadera compasión.

–Ella ha dado el primer paso, pero Ann dice que quizás no se quede. Si al menos intentases convencerla...

–No me querrá oír.

–Tienes que intentarlo –dijo ella, apoyándole la mano suavemente en el brazo.

La idea de enfrentarse a Beth otra vez era tentadora. Seguía estando tan enfadado con ella, que quizás fuese contraproducente, pero si no lo intentaba una vez más, Zach sintió que no podría seguir viviendo.

–De acuerdo –dijo, con un gemido frustrado y, liberándose de la mando de ella, dio un puntapié a la silla–, pero no resultará.

–Quizás no, pero vale la pena intentarlo –dijo ella, volviendo a meter en busca en el bolso–. Tendrás que venir conmigo o no te dejarán entrar.

A la porra la cena tranquila, pensó Zach. A la porra su vida tranquila.

Erin no se esperaba a una mujer pequeña y menuda cuando vio a Beth descansando hecha un nudo en la esquina del sofá de Ann, con su brazo en cabestrillo y su cabello castaño rizado. Le dio pena molestarla, parecía tan pacífica en su sueño, pero Zach esperaba fuera del despacho a que Erin le pudiese decir a Beth que él estaba allí. Si Beth se negaba a verlo, no la presionarían. Y aunque Ann no se sentía cómoda con la presencia de Zach, había cedido finalmente cuando Erin le insistió que él quizás fuese la única oportunidad que tenían de convencer a Beth de que se quedase en el centro, al menos por esa noche.

–Señora Andrews, ¿está despierta? –preguntó Erin suavemente, sentándose en el brazo del sillón.

La mujer abrió el ojo derecho. El otro estaba hinchado y un desagradable moretón comenzaba a oscurecerlo.

–Sí –dijo, con voz ronca.

–Soy Erin Brailey, la directora del centro. ¿Necesita algo?

–Sí. Que me lleven a casa.

–¿Está segura de que eso es lo que quiere?

Beth se tocó un corte que tenía en el borde del labio y se estremeció.

–Si no lo hago, él me encontrará tarde o temprano. Y eso los pondría a ustedes en peligro.

–Eso no nos preocupa.

–Pues, tendría que estarlo. Él odia este sitio. Imagíneselo –dijo ella, y su voz resultó abrupta, amarga.

–Hay alguien que la quiere ver. Quiere hablar con usted, si le parece bien.

Beth se enderezó y la alarma se le reflejó en el rostro lleno de contusiones.

–Oh, Dios. ¿Ya ha venido?

–No es su esposo –dijo Erin, apoyándole la mano en el hombro–. Es Zach Miller.

La expresión asustada de Beth cambió por una de confusión.

–¿Zach, aquí?

–Sí. Está organizando la seguridad de nuestro nuevo centro de acogida. Se encontraba conmigo cuando yo recibí la llamada.

Beth recostó la cabeza en el respaldo del sofá y miró al techo. Una lágrima solitaria descendió de la comisura de su ojo hinchado.

–¿Por qué no? ¿Qué es una regañina comparada con los puñetazos de Ron?

–Solo quiere hablar con usted un poco. No ha venido a regañarla.

–No, supongo que no. Jamás lo ha hecho.

–¿Quiere que lo llame ahora?

–De acuerdo –asintió ella.

Erin abrió la puerta. Fuera se hallaba Zach apoyado contra la pared, apretando las mandíbulas.

–Te verá ahora.

–¿Se encuentra bien?

–Tan bien como puede esperarse en estas circunstancias.

–¿Quieres venir?

Sí, quería hacerlo. Pero no lo haría.

–Os dejaré solos un rato. Llámame si me necesitas y acudiré enseguida.

Zach hizo una profunda inspiración antes de abrir la puerta. Beth se encontraba sentada en el sofá con una expresión de determinación en el rostro magullado. Lo miró con el ojo sano.

–Me alegro de verte, Zach. Hace mucho tiempo.

Él dio unos pasos lentos y titubeantes hacia el sofá. ¿Qué podía decirle que no le hubiese dicho antes al menos cien veces?

Beth se movió y se apretó el costado con un gemido.

–Estarás pensando que por fin he reunido el valor para irme de casa. Y me parecía una buena idea cuando lo hice, pero no me puedo quedar aquí.

–Entonces, ¿por qué has venido? –preguntó Zach, sentándose en el borde del sofá junto a ella.

Ella bajó la mirada y se tocó el cabestrillo.

–Una mujer del hospital me ofreció una tarjeta. No me creyó cuando le dije que me había caído. Hizo la llamada por mí.

Zach se frotó la barbilla. Quizás Beth estaba progresando después de todo.

–Si te marchas de aquí, ¿dónde piensas ir?

–A casa de mi hermana.

–Pero Beth, ese es el primer sitio donde te buscará Ronnie.

–Entonces me iré a casa.

–¿Cuándo acabará, Beth? –exclamó Zach furioso, levantándose del sofá para alejarse unos pasos–. ¿Cuándo te darás cuenta de que el bastardo con quien te has casado nunca dejará de pegarte? ¿Cuando acabes en algún callejón con un tiro en la cabeza?

–Quizás estaría mejor muerta –dijo ella, llorando a lágrima viva.

Zach volvió al sofá y la tomó de los hombros.
–No. Tú no. Él sí que lo estaría.
–Es culpa mía, ¿sabes? –dijo ella, secándose las lágrimas–. No le dije que lo sentía cuando no le dieron el ascenso.
–¿Lo sentías?
–No. Me alegré. Está cada vez peor. Se enfada por cualquier motivo. Aunque había mejorado un poquito desde que tú te marchaste del departamento, al menos durante un tiempo.
Zach lamentó no haber denunciado Ronnie a Asuntos Internos entonces, pero le había prometido a Beth que no lo haría. El código de silencio entre policías compañeros le impidieron actuar en contra de los deseos de ella.
–No sé qué hacer –dijo ella, apartando la mirada.
–Aquí te cuidarán. Te encontrarán un sitio donde vivir. Yo me aseguraré de que estés bien.
El dique se rompió y nuevas lágrimas inundaron los ojos de Beth. Zach hizo lo posible por calmarla, sujetándola contra su pecho. Ella se apoyó contra él, mojándole el polo y aferrándose a sus hombros como si él fuese su tabla de salvación.
Ronnie había sido amigo suyo años atrás. Pero eso había sido antes de que él comenzase a golpearla. Cuando Ronnie se había vuelto violento, su amistad se disolvió, convirtiéndose en una sarta de mentiras y engaños.
–Ahora todo irá bien –dijo, frotándole la espalda–. Has dado el primer paso. Ahora tienes que empezar a vivir día a día.
–Lo intentaré –asintió ella con la cabeza contra el pecho de él–. Si me prometes no llamar a la policía por ahora.
La misma promesa que él había hecho hacía tres años.
–No estoy seguro de querer hacerlo.

–Entonces, me iré a casa esta noche.
Zach lanzó un suspiro.
–De acuerdo. Te prometo que no actuaré sin avisarte.
La extraña sensación de que ya había vivido ese instante lo invadió, agobiándolo con un pasado que no quería morir.

Erin se paseó por el vestíbulo, esperando y preguntándose qué sucedería hasta que oyó el sonido de unos pasos que se aproximaban.
–Todo solucionado –dijo Ann, apareciendo–. Sheila se quedará cuando Jim venga a medianoche. Así tendremos dos guardas de vigilancia hasta que podamos encontrarle a Beth un sitio lejos de aquí.
–Espero que con ello sea suficiente.
–Probablemente a él no se le ocurrirá buscarla aquí. Ella me dijo antes que él está resolviendo un homicidio en Pleasant Oaks. Eso nos dará un margen de tiempo. ¿Cuánto tiempo lleva él allí?
–Unos minutos.
–¿Por qué no entras y le dices a Beth que tiene su habitación lista?
Erin se aferró a la excusa como a un clavo ardiente.
–De acuerdo. Necesita descansar si se va a quedar.
Entreabrió la puerta y vio que Zach abrazaba a Beth, acariciándole la espalda con la mano. Erin controló sus emociones encontradas, debatiéndose entre una sensación irracional de envidia y la necesidad inherente de ayudar a esa pobre mujer. Pensó en volver a cerrar la puerta, pero Zach levantó la vista.
–Lamento molestaros.
–Entra –dijo él sin soltar a Beth.
–Tenemos una cama lista, señora Andrews –dijo

Erin, recurriendo a su profesionalismo–. Puede descansar un poco y dejar las decisiones para mañana. Ya le encontraremos otra casa o centro fuera de la ciudad.

–¿Y esta noche? –preguntó Beth, levantando su rostro del hombro de Zach–. Él podría venir aquí.

–Tenemos a dos guardias y el hombre de mantenimiento, que vive en una casa en el parque. Lo hemos avisado también.

–Solo por esta noche –dijo Zach–, mandaré a uno de mis hombres también –miró a Erin–. Si está bien.

–Desde luego. Y llamaré a la policía para avisarlos.

–No –dijo Beth, envarándose.

A Erin la impresionó el terror reflejado en los ojos de Beth Andrews.

–Pero ellos pueden...

–Le prometí a Beth que esperaríamos –dijo Zach–, que le daríamos un poco de tiempo para pensárselo –se dirigió a Beth–: Puedes confiar en Erin, nunca te pondría en peligro.

Beth se secó las lágrimas.

–De acuerdo, pero, ¿te quedarás aquí hasta que me duerma?

–¿Te importa si me quedo un rato? –preguntó Zach, lanzándole a Erin una mirada.

Erin se sintió dolida, pero evitó que se reflejase en su voz.

–De acuerdo. Un rato.

–Dinos dónde ir –dijo Zach, ayudando a Beth a levantarse.

Erin abrió la puerta para hacerlo, pero se dio cuenta de que no se podía quedar ni un instante más.

–Ann la ayudará a instalarse. Me voy a casa a ver si puedo dormir un poco.

–Nos vemos más tarde –dijo él, sonriendo–. Gracias, Erin, por todo.

Erin disimuló la confusión que sentía con una sonrisa.

–Es parte de mi trabajo.

–Lo haces muy bien –dijo él y, poniéndose serio, añadió–: Intenta dormir, ¿de acuerdo?

Con su evidente preocupación, Zach Miller le hizo sentir cosas que ella no quería sentir. Dudaba que pudiese dormir ni un segundo.

Capítulo Seis

Después de una rápida ducha, Erin se envolvió en un albornoz y se dispuso a acabar la noche sola. ¿Por qué le sentaba tan mal la relación de Beth Andrews con Zach? ¿Cómo había permitido que sus sentimientos personales interviniesen cuando se trataba de una residente?

Decidió no irse a la cama porque sabía que las preguntas no la dejarían dormir. Quizás debería leer un rato, o llorar. Por algún motivo, las lágrimas le escocían en los ojos. Nada que no se pudiese curar con una infusión.

Un momento después, salió de la cocina hacia el oscuro salón con una taza de manzanilla y un libro. Tanteó con la mano buscando el interruptor junto a su sillón favorito y lo encendió.

–¿No puedes dormir?

Erin sintió que el corazón le saltaba en el pecho y dio un leve grito. Se dio la vuelta rápidamente y vio a Zach sentado en el sillón junto al ventanal. Le tiró el libro y Zach levantó las manos para detener el proyectil, que le cayó en el regazo y luego al suelo cuando se puso de pie. Con manos temblorosas, Erin dejó la taza sobre la mesa de la esquina del sofá y se llevó la mano al corazón.

–¡Me has dado un susto de muerte!

–Perdona, no se me ocurrió que podría asustarte –dijo él, tenía los ojos rojos y la boca tensa, como si estuviese conteniendo las emociones.

–¿Cómo has entrado? –preguntó ella, comenzando a tranquilizarse–. ¿Cómo sabes dónde vivo?

–Tienes que echar el cerrojo. En cuanto Beth ha apoyado la cabeza en la almohada, se ha dormido y te he seguido. Te marchaste sin siquiera decir buenas noches.

–Para eso están los teléfonos.

–Quería hacerlo en persona.

Erin recordó sus recientes caricias y, por la sonrisa de Zach, se dio cuenta de que él también. Pero en ese momento Erin tenía demasiadas preguntas que necesitaban respuesta antes de volver a sus brazos. Le daba la impresión de que la relación de él con Beth Andrews era más profunda de lo que él quería reconocer. Señaló la mesa.

–Estoy tomando una infusión. ¿Quieres una?

–¿Tienes whisky?

–Tengo brandy.

Erin se dirigió al mueble bar para darle a Zach su copa. Eligió un vaso de cristal y lo sirvió. Cuando se dio la vuelta, él estaba a su lado.

–Su copa, señor.

–Gracias –dijo él, y su oscura mirada le aceleró el pulso.

Ella pasó a su lado y se dirigió a la seguridad de su sillón. Se sentó y le indicó que se sentara también.

–Dime cómo lograste convencer a Beth de que se quedase –dijo.

–Solo ha consentido en pasar la noche –dijo él, dejándose caer con un profundo suspiro en el sofá–. No la entusiasma demasiado la idea de irse de su casa –tomó un trago de brandy–. Espero que tu psicóloga logre persuadirla de lo contrario.

–Ann es genial, pero no hace milagros. Beth tiene que querer dejarlo para siempre. Y quizás lo haga, ya que ella nunca había dado un paso semejante antes.

–No pondría mis manos en el fuego –dijo Zach, dejando el vaso sobre el posavasos en la mesa de roble–. Bastante opulento el apartamento, para estar construido sobre el garaje. ¿Quién vive en la mansión de la loma?

–Mi padre –dijo Erin, mirando una escultura de mármol que había sobre la mesa–. Ya sé lo que estás pensando. Que es ridículo que una mujer con casi treinta años viva en la propiedad de su padre.

–Erin...

–Pero te aseguro de que me encuentro aquí porque mi salario es bajo y no puedo permitirme otra cosa. Además...

–Erin...

–En realidad no vivo con él...

La boca de Zach le cubrió la suya, dándole un beso insistente y seductor. Ni siquiera se había dado cuenta de que él se había puesto de pie. En aquel momento lo único que sentía era el sabor a brandy de la lengua masculina y la forma en que sus manos la sujetaban hasta hacerla perder el sentido con su beso.

Cuando se separaron, él apoyó las manos en los brazos del sillón, a ambos lados de ella. Ella lo miró, incapaz por un segundo de articular palabra.

–¿Por qué lo has hecho? –dijo finalmente.

–Por tres motivos. Primero: no podía hacerte callar. Segundo: me dan igual las razones que tengas para vivir cerca de tu padre, ese es tu problema. Y tercero: me moría de ganas de besarte desde que has entrado con tu cabello mojado, tu perfume a flores y tu bata –acabó, rozándole la mejilla con un dedo.

Pero ella quería respuestas, no cumplidos y besos. Haciendo el brazo de él a un lado, se puso de pie porque necesitaba tomar distancia para poder hablar con él. Se dirigió a la gran puerta ventana. No le vendría mal un poco de aire fresco. Al salir al balcón, se apoyó en la pared de ladrillo que rodeaba el perímetro. Pensó en la conversación telefónica con él, la forma en que su voz la había acariciado mientras ella yacía desnuda bajo las estrellas. Y también recordó sus caricias de hacía unas horas, cuando él la había vuelto loca con sus manos.

Y en ese momento, él se hallaba allí, y ella sintió que quería demasiado.

Oyó sus pasos y contuvo el aliento. El leve perfume de la colonia de Zach le llegó, mucho más erótico e incitante que el suyo de flores.

–¿Por qué huyes de mí? –dijo él, y su profunda voz le causó un estremecimiento, pero no se atrevió a darse la vuelta–. ¿Quieres que me vaya?

–Quiero saber a qué has venido.

–Si crees que es solo para acabar lo que iniciamos esta tarde, estás equivocada –dijo él, irritado–. Quiero comprender lo que sucede con Beth, quiero saber por qué ella no quiere dejarlo.

Así que era eso. Quería sus conocimientos, no a ella. Erin envolvió sus emociones en una coraza de profesionalismo.

–Vivir con un hombre que te maltrata te hace perder la fe en ti misma. Cuando a una mujer le dicen cien veces que no vale para nada, acaba creyéndoselo.

–Eso no es verdad. Es una buena mujer. Hay muchos hombres que la querrían.

«¿La quieres tú, Zach?»

Erin no formuló la pregunta por el momento.

–Pero ella no lo cree –dijo.

–Beth es una buena policía. Mejor dicho, lo era.

–¿Ya no está en el departamento?

–No. Lo ha dejado. Dijo que él quería que se quedase embarazada.

–No lo está, ¿verdad? –preguntó Erin con un nudo en el estómago–. Porque si lo está, es muy probable que la violencia aumente durante el embarazo si vuelve con él.

–No, gracias a Dios, no lo está –dijo él, metiendo

las manos en los bolsillos traseros de sus pantalones. Miró el cielo–. Dice que lo quiere.

¿Por ella se encontraba él allí? ¿Porque Beth prefería al imbécil de su marido en vez de a él?

–Probablemente lo quiera todavía.

–¿Cómo? ¿Por qué? –preguntó Zach, mirándola confuso.

–El amor es solo una parte de las razones por las que ella soporta esta situación. Tiene más que ver con el dominio emocional que él ejerce sobre ella.

–No comprendo nada –dijo él, moviendo la cabeza–. ¿Cómo puedes querer a alguien tanto que dejas que te golpeen y humillen? No tiene sentido.

–Las relaciones de este tipo resultan incomprensibles a la mayoría de las personas. El amor también. Pero tú no puedes rescatarla de sí misma. Lo único que puedes hacer es esperar que ella reaccione por sí sola. Quizás ella lo haga con tu apoyo.

–Lo dudo.

–No te subestimes, Zach. Puedes llegar a ser muy persuasivo.

–¿De veras? –le preguntó él, acercándose más.

Fuera lo que fuese, ella tenía que recuperar la sensatez. No sabía lo que él sentía por Beth Andrews, ni estaba segura de sus propios sentimientos, de si quería algo más que una atracción física.

–Zach, es tarde y tenemos que irnos a la cama.

–Yo te sigo.

–Me refiero a ir a la cama por separado.

Zach le miró la pequeña y recta nariz, los labios llenos, los ojos radiantes a pesar de la oscuridad... Su aspecto decidido la fascinaba. Ella no era en absoluto como Beth o como su madre. Era fuerte y segura de sí misma. Y en aquel momento él necesitaba algo así. La necesitaba a ella.

–¿Qué miras? –preguntó, retirándose un mechón de cabello de la frente.

–Una mujer hermosa.

Ella lo miró a los ojos y sonrió. Una risa suave y sexy que hizo que los músculos del vientre de él se contrajeran.

–Está oscuro aquí fuera. Supongo que te parecerá por eso.

–Mira quién se subestima ahora.

Él se acercó y la agarró de la cintura, acercándosela a su cuerpo. Ella no lo rechazó, así que él aprovechó y le pasó la mano por el húmedo cabello, acariciándoselo. Erin entreabrió los labios, toda la invitación que él necesitaba. Acercó su boca a la de ella. Su beso fue exigente y salvaje. La apretó contra la pared con sus caderas, demostrándole cuánto la necesitaba. Pero tenían demasiada ropa. No estaría satisfecho hasta llevarla a la cama y hacerle el amor en ese mismo momento, perderse en ella, dejar que ella lo ayudase a olvidarse de todo.

–Zach, necesitamos hablar –dijo ella, separándose de él.

–No quiero hablar en este momento –dijo él, enmarcándole el rostro con las manos–. Quiero estar contigo.

–¿Quieres estar conmigo o necesitas un poco de consuelo? –dijo ella, mirándolo a los ojos.

Él quería ambas cosas, y solo ella se las podía dar.

–Tú, infiernos. Te quiero a ti. Quiero estar dentro de ti. Me muero de ganas de estar contigo.

Abarcándole los glúteos, la acercó más a él. Ella se apretó contra él, suave y maleable en sus brazos. Zach le llenó el cuello de besos y hundió su nariz en el valle entre sus senos.

–Déjame que te haga el amor –murmuró.

–Zach...

–Si no quieres, dime que me vaya –dijo Zach, mirándola a los ojos.

Sin darle tiempo a responder, le soltó el cinturón de la bata, haciendo que esta se abriese. Durante un momento, la miró, disfrutando del aspecto de sus pechos llenos y del trocito de encaje que le cubría la parte inferior del cuerpo.

Zach le deslizó la mano por debajo de la bata.

–Zach, esta no es una buena idea –murmuró ella–. Aquí no.

–Pensaba que querías mostrarme tu balcón –dijo él, deslizándole las manos por la espalda para agarrarle los glúteos.

–Eso fue el otro día –dijo ella, lanzando una mirada a la iluminada mansión a su derecha–. Me haces perder la cabeza.

Él llevó una mano hasta la barbilla de ella para levantarle el rostro y mirarla a los ojos para que ella viese lo mucho que la necesitaba.

–Erin, te necesito. No solo de la forma que tú piensas. Esto no es únicamente sexo, o atracción. Te quiero. Mucho.

De repente, ella se envaró y se separó de sus brazos, cerrándose la bata.

–Si hay alguien en el segundo piso, nos podrá ver. La pared no es tan alta.

–¿Quieres decir que si tu padre me viese tratando de hacerle el amor a su hija me dispararía con un arma? –preguntó Zach en broma.

–No, él no te dispararía.

–Es bueno saberlo.

–Tiene gente para que lo haga.

–Genial –rio Zach.

Ella lo abrazó por la cintura con fuerza.

–Probablemente esté despierto, mirándonos. Metiéndose en mis cosas, como siempre.

Zach se preguntó si el escenario del balcón no estaría relacionado con el deseo de desafiar a su padre.

–Eres una adulta, Erin. Tendría que darte igual lo que piense.

Ella se dio la vuelta y apoyó los brazos en la pared.

–Ya lo sé. Es una estupidez. Pero tú no comprendes. Él me considera su mayor... –la voz le tembló, y Zach detectó lágrimas en ella.

No podía soportar la idea de Erin llorando. Erin, tan fuerte y decidida, no. Le bastaban las lágrimas de Beth por una noche.

–Su mayor, ¿qué? –preguntó.

–Fracaso –dijo ella con rabia, sin asomo de pena–. Cuando yo tenía dieciséis años, pasé un tiempo un poco alocado después de la muerte de mi madre. Me mandó a un internado para chicas para quitarme del medio, porque tenía sus elecciones. No quería que los medios de comunicación se enterasen de mi existencia. Yo me metí aun en más líos allí. Me escapaba por la noche y salía con un chico. Nos íbamos al cine. También bebía. Finalmente me mandaron de vuelta a casa y logré que me prestase atención. Ganó las elecciones, pero no me lo ha perdonado nunca.

–Todos cometemos errores –dijo Zach. Dios sabía que él había cometido bastantes–. Pero seguro que él está orgulloso de ti ahora.

–No te creas. Trabajar para el centro no está al nivel que me merezco, según su opinión. Él preferiría que yo le administrase su negocio en vez de hacer algo que me encanta. Creo que por algún extraño motivo él siente que me tiene que vigilar, controlar todo lo que hago, asegurarse de que no me meto en líos.

–Ya eres mayorcita, Erin –dijo él, abrazándola para que ella sintiese lo mucho que la quería por lo que era–. No tendría que importarte lo que él piense. ¿Sabes lo que creo? Que eres una mujer increíble y que tu padre es un tonto porque no lo ve. Ojalá supiese qué decirte en este momento para convencerte de ello.

–Esto está yendo demasiado rápido, Zach –dijo ella, volviéndose a envarar–. Me temo que...

–¿Qué temes?

–Nada. Solo necesito dormir.

En cuestión de minutos ella había erigido una barrera para cubrir sus emociones que Zach comenzaba a comprender.

–Erin, yo también tengo miedo. No se me dan demasiado bien las relaciones, pero estaría dispuesto a probar si tú...

–No digas nada más –dijo ella soltándose de su abrazo–. Es tarde. Creo que será mejor que te vayas.

–Así que esas tenemos, ¿no? –dijo él con rabia al sentir que ella se cerraba–. ¿Un poquito de satisfacción de los deseos y luego se acabó?

–Eso no es verdad –le dijo ella, con los ojos abiertos por la sorpresa.

Él se dio cuenta de que si la presionaba, haría que la separación entre ellos se hiciese más grande y no quería eso.

–Mira, Erin, si me dejas quedarme, no tenemos que hacer nada, solo abrazarnos. Estar juntos esta noche. No creo que ninguno de los dos desee pasar la noche solo.

–Lo siento –dijo ella, bajando los ojos–. Lo que pasa es que pienso que podemos ahorrarnos problemas si no estás aquí mañana por la mañana.

–No quieres que tu padre te controle –dijo, tomándola de la barbilla nuevamente, esta vez con ternura–, pero sigues siendo la niñita que intenta lograr su aprobación. ¿Juegas a este juego siempre?

Ella se estremeció, y él dejó caer la mano.

–No es un juego, Zach.

–Entonces, dime qué es, porque yo no entiendo nada –dijo él, con rabia.

–Deseo, atracción. Una posibilidad de sexo de mutuo acuerdo entre dos adultos.

–¿De veras crees eso?

–¿No es eso lo que quieres?

Desde luego que no. Quería mucho más. Pero si ella no estaba dispuesta a ello, no debería perder el tiempo. Sin embargo, no podía soportar la idea de no verla otra vez.

–No es necesario que decidamos ahora –dijo.

–Ya lo he decidido yo. Sería mejor que te fueses.

En ese momento, la necesidad de abrazarla fue tan fuerte como su deseo unos minutos antes. Pero la firmeza de la mandíbula de ella le indicó que ella no lo deseaba.

–De acuerdo –dijo–. Si me permites, iré al cuarto de baño, pero no me voy a ir hasta que aclaremos esto. Dalo por sentado.

Erin vio como Zach entraba sin siquiera darse la vuelta y casi lo llamó para decirle que se lo había pensado mejor y quería que la abrazase toda la noche, pero no podía hacerlo. Si quería proteger sus emociones, no.

Ya había aprendido de los dos hombres de su vida, que ser vulnerable nunca te llevaba a ningún lado. Aquella noche Zach le había derrumbado sus defensas y estaba aterrorizada. No se encontraba preparada para lidiar con aquel temor. Y, sin embargo, a veces, daría cualquier cosa por conocer la verdadera ternura, oír a Zach susurrarle palabras de consuelo como lo había hecho con Beth, pero, ¿a costa de qué?

Lentamente, volvió a entrar al apartamento. El sitio estaba pulcro y ordenado, excepto por la taza de manzanilla y el vaso de Zach sobre la mesa de café.

La puerta del cuarto de baño se abrió y Zach salió al salón, con las ropas en orden y el cabello correctamente peinado.

Erin se dirigió al sofá, sin saber qué decir.

–Supongo que te veré en la Fase II mañana.

–No te creas que te librarás de mí tan fácil todavía. Siéntate y hablemos.

El teléfono sonó, sobresaltando a Erin, que miró instintivamente el reloj de pared: las dos de la mañana. Agarró el inalámbrico, preocupada por que hubiese sucedido algo en el refugio. ¿Y si Andrews había encontrado a su esposa? Se preparó para recibir malas noticias.

–Dígame.

Al principio solo hubo un silencio enervante y luego se oyó una respiración entrecortada.

–¿Es Miller bueno en la cama, señorita Brailey?

Capítulo Siete

Erin se aferró al teléfono, con el corazón en la boca.

–¿Quién es? –preguntó, haciendo un esfuerzo por hablar.

Al oír la risa amenazadora, un estremecimiento le recorrió la espalda.

–La estoy vigilando. Eso es todo lo que necesita saber.

La línea se cortó.

Zach se acercó en un momento.

–Si algo le ha sucedido a Beth, necesito que me informes.

Erin titubeó, indecisa sobre cuánto decirle. Pero él tenía derecho a saberlo.

–No era del centro. Un hombre me preguntó si tú eras bueno en la cama. Dijo que me estaba observado.

–¿Era Andrews, verdad? –dijo Zach con odio y desprecio.

Quizás ella se había equivocado.

–Puede ser.

–¿Me llamó por mi nombre?

–Sí.

–Entonces, es él –dijo Zach, dando un puñetazo a la pared–. ¡Infiernos! Sabe que estaba contigo. Ahora te he puesto en peligro.

–No es culpa tuya –dijo Erin, apoyándole una mano en el hombro–. Es mía. Además, es a su mujer a quien quiere, no a mí.

–Me odia, Erin, y te usará a ti para llegar hasta mí –dijo él, mirándola con seriedad.

Ella entrelazó los dedos para evitar que le temblasen las manos. No quería que él se diese cuenta del miedo que tenía.

–Entonces, sabe que Beth está en el centro de acogida.

–Desde luego que sí.

–Pero me habrían llamado si él hubiese aparecido por allí.

Zach se frotó la nuca y lanzó un suspiro.

–Es demasiado listo para eso. Sé cómo funciona. Se esconderá y observará. Si sospecha que yo me pongo en contacto con Beth otra vez, irá por todas, a menos que Beth vuelva con él. Y si ella lo hace, que Dios la ayude.

–Entonces, tenemos que asegurarnos de que eso no suceda.

–¿Cómo sugieres que lo hagamos?

–Lo único que sé es que ella te escucha –dijo Erin, cruzándose de brazos. De repente, tuvo frío–. Ojalá el nuevo centro estuviese abierto.

–Pero no lo está, y ella no está segura en el que hay.

Erin sabía que él tenía razón. Aunque reforzasen la vigilancia, como Andrews sabía dónde se encontraba Beth, ella no estaba totalmente segura.

–Se puede quedar conmigo.

–Eso es una locura. El imbécil acaba de demostrarte que sabe dónde vives.

–Tienes razón. No me di cuenta –dijo Erin, mordiéndose el labio inferior.

–Pero ella se podría quedar conmigo.

–¿Estaría a salvo de verdad? –preguntó, mirándolo a los ojos–. Quiero decir, ¿no sabe él dónde vives?

–Probablemente, pero podría protegerla.

–No puedes vigilarla veinticuatro horas al día.

–No, pero puedo hacer que mis hombres lo hagan hasta que acabemos la Fase II y convenzamos a Beth de que se vaya para allá.

Tenía razón. Sin embargo, Erin no podía hacerse a la idea de Beth viviendo bajo el mismo techo que Zach. Pero lo primero era la seguridad de Beth.

–Es probablemente la mejor idea, si ella está de acuerdo.

–Y, mientras tanto, haré que alguien patrulle por aquí también.

–Eso no será necesario. Mi padre tiene un servicio de seguridad veinticuatro horas al día.

–Entonces, les informaremos.

–No, no puedes hacer eso –dijo Erin, presa del pánico–. Tendría que explicarle todo a mi padre. Bastante desaprueba ya mi trabajo. No es necesario echarle más leña al fuego.

–Escúchame, Erin –dijo Zach, agarrándola de los brazos–. Esto es algo serio. Andrews podría intentar hacerte daño.

–Sé cómo cuidarme –dijo ella, mostrando una valentía que no tenía–. Puedo llamar a la policía.

–¡Demonios! El es policía.

Ella no supo qué responderle a eso.

–Ahora –dijo–, en lo único que tenemos que pensar es en cómo hacer que Beth esté a salvo.

–De acuerdo –asintió Zach, soltándola para sacar las llaves del bolsillo–, pero tú te vienes conmigo.

–Me tengo que vestir –dijo Erin, dirigiéndose al dormitorio. Necesitaba un poco de tiempo a solas para pensar–. Nos vemos allí.

–Te esperaré.

–No te preocupes –dijo ella, dándose la vuelta con los brazos en jarras–. Vete primero para cuidar a Beth.

–He dicho que esperaré, por si acaso él te está esperando.

El silencioso centro preocupaba a Zach más que si Andrews lo hubiese estado esperando en la puerta. Zach esperó en el vestíbulo mientras Erin hablaba con la encargada de noche. Eran casi las cuatro de la mañana y ambos estaban cansados. Había sido una noche muy movida, con cosas buenas y malas, y Zach acusaba el efecto de ambas.

A pesar de que estaba a punto de caer rendido por el cansancio físico y mental, el cuerpo de Zach reaccionó al recordar cómo ella le había hecho bajar la guardia, metiéndosele bajo la piel.

Erin se despidió y se acercó a Zach.

–¿Quieres que la despierte?

–No, lo haré yo –dijo él.

–Iré contigo.

Zach siguió a Erin hasta la habitación en el piso superior. Ella entreabrió la puerta después de llamar con un ligero golpe.

–¿Señora Andrews?

Al entrar en la habitación, se encontraron a Beth sentada en una silla atándose las deportivas.

–¿Qué haces? –dijo Zach, acercándose a ella.

–Me voy a casa –dijo Beth, intentando acabar la tarea con una sola mano.

Zach decidió que sería mejor no decirle nada sobre la llamada de Ron.

–Tengo una idea mejor. Quiero que te vengas a mi casa.

–Es una locura –dijo Beth, lanzándole una mirada sorprendida.

–No, es el sitio ideal. Puedo protegerte allí cuando yo no esté en casa. Pondré una persona.

–¿Y luego, qué, Zach? ¿Esperar a que Ronnie cambie de opinión? Ambos sabemos que eso no sucederá nunca.

–Conseguiremos una orden de protección.

–Y él tendrá veinte días para pensar el motivo por el cual lo han suspendido de su trabajo.

–Por algo se empieza.

–Señora Andrews... –terció Erin.

–Por favor, tutéame.

–De acuerdo, Beth –sonrió Erin–. No descartes la idea de Zach. Dentro de dos semanas abrimos el nuevo centro, que será para casos de alto riesgo. Zach se ocupará de la seguridad. Si lográsemos protegerte en algún sitio hasta entonces...

–Sí, ya lo sabía –dijo Beth–. Ese era uno de los motivos del enfado de Ron últimamente.

–Sí, pero él no sabe dónde se encuentra el nuevo centro –dijo Erin, con una sombra de culpabilidad cruzándole el rostro–. Allí estarás a salvo.

Beth se puso de pie con una mueca, agarrándose el costado.

–No estaré segura en ningún sitio mientras él esté vivo.

–Os dejo para que lo habléis –dijo Erin, lanzándole a Zach una mirada de frustración–. Estaré abajo si me necesitáis.

–No puedes irte a tu casa. No lo permitiré –dijo Zach cuando la puerta se cerró tras salir Erin.

–No me lo puedes impedir –dijo Beth y dio un paso haciendo un esfuerzo.

–Es preciso que lo haga –replicó Zach, alargando su brazo para que ella se apoyase–. Esta vez tenemos que detenerlo. Está fuera de sí, Beth. Ha llamado a Erin a su casa para amenazarla.

Beth pareció desinflarse y Zach tuvo que volver a acompañarla a la cama.

–¿Qué le dijo?

–Que la está vigilando –dijo Zach, sin saber cómo decírselo sin revelar demasiado. Pero Beth se daría cuenta si no le contaba la verdad–. Nos vio a Erin y a mí juntos. Me llamó por mi nombre.

–¿Aquí? –preguntó Beth, presa del pánico.

–No. En casa de Erin.

–Ya no se trata de mí sola, ¿verdad? –dijo Beth, con cansancio.

Zach negó con la cabeza y se mordió la lengua

para no decir todas las maldiciones que se le ocurrían.

–¿Cómo ha llegado a perder tanto el control? –preguntó.

–No lo sé, Zach –dijo ella, encogiéndose de hombros–. Era un hombre bueno. Siempre ha sido un buen policía. Quizás ha sido el estrés del trabajo. Pero no, tú también lo sufres y no eres así.

–Quizás, pero a veces me preocupa que... No, nada.

Ella se puso de pie y le apoyó la mano en el brazo con ternura.

–¿Qué? ¿Que acabes como tu padre? Venga, Zach. Tú no eres como Ronnie y él. Nunca lo serás.

–Me enfado, como todo el mundo. Pregúntaselo a Erin.

–Bueno, parece que ella se las puede arreglar muy bien. Y no he visto ninguna evidencia de malos tratos. Quizás un poco de rozaduras causadas por la barba, pero no creo que tú la inmovilizases y torturases sin su consentimiento.

Zach se alegró de verla sonreír, aunque fuese a su costa.

–No estamos aquí para hablar de Erin y de mí. Hemos venido para trasladarte a mi casa.

–Me parece una mala idea –dijo ella, cruzándose de brazos desafiante–. Creo que me tengo que ir a casa y arreglármelas sola, sin involucrar a nadie más. Lo he resuelto durante doce años, puedo seguir haciéndolo.

–No creo que una luxación de muñeca y dos costillas contusionadas resuelvan nada –dijo Zach, lanzándole una mirada incrédula–. Mi intención es mantenerte alejada de él hasta que logremos encerrarlo.

–No estoy segura de querer eso. Si lo denuncio, tendrá que devolver su arma y, como mínimo, trabajar en un despacho. Y si Asuntos Internos interviene, podrían despedirlo. Se volvería loco de verdad.

–Ya nos ocuparemos de ello cuando llegue momento. Por ahora, vamos a acabar con esto de una vez por todas, al menos en lo que respecta a ti. ¿De acuerdo?

–Solo si me prometes que no lo denunciarás todavía.

Con tal de que lo dejara llevarla a su cada, le diría lo que fuese. Y consideraría sus opciones más tarde.

–De acuerdo. Por ahora. Pero si te vuelve a pegar, o si ataca a Erin, lo mato.

Ella dio un paso atrás y le lanzó una mirada inquisitiva.

–¿Qué pasa exactamente entre tú y la señorita directora?

No supo qué decirle. La realidad era que no sabía qué había entre él y Erin. Solo sabía que la deseaba con un deseo incombustible. Que ella le había resucitado sentimientos que había mantenido enterrados tanto tiempo que ni siquiera sabía de su existencia.

–Hemos salido a comer un par de veces, nada más. Me fui a su casa cuando tú te quedaste dormida. Recibió la llamada entonces.

–Eso explica porqué la miras de la forma en que lo haces. Te ha dado fuerte, ¿no? Espero que se dé cuenta de la suerte que tiene. Eres un hombre bueno, Zach –dijo Beth–. Lo único que necesitas es la mujer adecuada.

¿Sería Erin esa mujer? ¿Cómo podía convencerla de que no estaba solo interesado en su cuerpo? Porque aunque le dijese a Beth lo contrario, no podía engañarse. Quería más mucho más de ella.

–Es hora de irse –dijo, forzándose a volver a la realidad–. Vamos a un sitio seguro.

Mientras acompañaba a Beth a la puerta, Zach se juró que aquella vez no permitiría que Ron Andrews le tomase la delantera, que volviese a ganar. Haría todo lo posible por cuidar a Beth. Y a Erin.

–Erin.

La profunda voz era real, muy real. Instantáneamente, Erin reaccionó a ella. Forzándose a abrir los ojos, vio a Zach apoyado contra el sofá donde ella se había echado hacía unos minutos. Enfocó la mirada en el rostro que la miraba. No le importaría despertarse todas las mañanas con él a su lado.

–¿Cuánto llevas allí? –le preguntó, con voz ronca.

–Unos minutos. Ann me dijo que estabas descansando un momento. Beth está hablando con ella. Ya casi está lista para irse. Quería despedirme antes de irnos.

Ella se incorporó sobre el brazo, apoyando el codo en el sofá de piel negra.

–La has convencido por fin –dijo Erin, intentando no pensar en la envidia que sentía–. Esperemos que pueda quedarse en tu casa hasta que la traslademos al nuevo centro o podamos encontrar algo transitorio en Dallas.

–No se marchará de la ciudad –dijo Zach, negando con la cabeza–. Su madre vive con su hermana aquí. No la dejará.

–¿Te has puesto en contacto con ellas? –le preguntó Erin, sentándose.

–Acabo de hablar con su hermana. Llevan meses sin ver a Ron. Le he dicho que tengan cuidado, por si él decide hacerles un visita. Por suerte, el esposo de Kim es un tipo fuerte que puede defenderlas. Tiene un taller mecánico junto a la casa. Nunca se ha llevado bien con Ron.

–Pues parece que todo se ha arreglado por

ahora –dijo Erin estirándose. Sus músculos protestaron por la falta de sueño y la postura en que habían estado en el sofá.

–Excepto una cosa: tu seguridad.

–No te preocupes. Echaré el cerrojo.

–Podrías venir a mi casa.

Erin lanzó una seca carcajada.

–Genial. Beth, tú y yo en tu apartamento. No sé por qué me parece que no sería un incentivo para que Beth se quedase.

–A ella le gustas, Erin. Y a mí también –le rozó la nariz con un beso–. No tendría que haberte presionado anoche. Es que...

–No te preocupes –dijo ella, apoyándole un dedo en los labios–. No era el momento adecuado, eso es todo.

–¿Por qué no comenzamos de cero? –sugirió él, besándola en la palma de la mano–. Intentémoslo de nuevo. Hagámoslo mejor –le dio un beso en la muñeca–. Más lentamente –la besó en el hueco del codo–. Toda la noche.

Luego la besó sin exigencias, tranquilamente, con dulzura, tocándola apenas con la lengua y todo renació. Erin lo sintió hasta la punta de los pies, un calor líquido que le corría por las venas y se alojaba en sus lugares más íntimos.

Él se separó de ella y se quedó de pie, sonriéndole.

–Por cierto, estás hermosa cuando duermes.

Erin se ruborizó y una chispa de emoción se encendió en su pecho.

–Hasta luego.

Zach le dio un leve apretón en la mano.

–Por supuesto. Y te prometo una cosa, Erin. Uno de estos días te tendré toda para mí. Y lo más importante es –dijo, inclinándose para apoyarle la mano sobre el pecho izquierdo, en su corazón– que quiero esto también.

Se marchó y Erin sintió un estremecimiento, pero no de pasión, sino de miedo. No se podía permitir entregar su corazón.

Por la tarde, Zach miró con impaciencia el teléfono. Desilusionado porque Erin no había ido al nuevo centro, había vuelto a su despacho después de quedarse allí una hora una vez que hubo instalado todos los sensores. Pensó en pintar una habitación o dos, pero no sabía el color que Erin deseaba.

Se sentía culpable por no ir a su casa con Beth, aunque sabía que ella se encontraba en buenas manos con sus hombres. Cuando habló con ella hacia un rato, le había dicho que había dormido la mayor parte del día y prometido que no iría a ninguna parte. Todavía.

Tenía que decidir qué hacer con Ron. Beth tenía razón, él siempre había sido un buen policía. Al igual que el padre de Zach, era un hombre respetado en su profesión y tenía la habilidad de controlarse hasta que llegaba a casa. Ambos explotaban con las personas que más los querían.

El padre de Zach había muerto debido al alcohol, pero con su honor intacto, al menos ante los ojos de la comunidad médica. Su madre lo había hecho varios años más tarde, sin saber lo que era sentir ternura y compasión del hombre que había amado con pasión. Y Ronnie vivía para aterrorizar a Beth, la mejor amiga y compañera que Zach había tenido en su vida.

Zach agarró el teléfono. Si iba a seguirle la pista a Andrews, lo mejor sería que se enterase de su horario. Llamó al departamento de policía y lo averiguó, arguyendo que necesitaba ponerse en contacto con él.

Después de colgar, sus pensamientos volvieron a Erin. Necesitaba verla, aunque solo fuese por un rato. Podía invitarla a comer con él y Beth, pero dudaba que ella accediese. Además, necesitaba hablar con Beth a solas, asegurase de que iba a quedarse allí hasta que se le ocurriese algún tipo de plan para lidiar con Ron Andrews. Al menos tenía una cita la noche siguiente con Erin.

Lo más seguro era que ella se pusiese en contacto con él antes de la fiesta de su padre, pensó Zach, considerando lo que pensaba hacer. Pero no tenía otra alternativa. Le pondría vigilancia a su apartamento, tanto si ella quería como si no. Iría a verla por la mañana al centro, a enfrentarse cara a cara con su rabia.

Capítulo Ocho

–¿Te molestaría decirme quién era el tipo que estaba aparcado en la furgoneta blanca frente a mi casa anoche? –preguntó Erin, con un bebé en los brazos y una sonrisa forzada.

–Seguro que era Mac –dijo Zach, preguntándose cuándo explotaría ella–. O Greg, dependiendo de la hora en que llegases a casa. El turno de Greg comienza a medianoche.

Ella desenredó su pelo de los puños del niño.

–Me parece que te dije que no quería protección. Fue solo una llamada telefónica, por el amor de Dios.

–¡Demonios, Erin! –fue el turno de explotar de Zach–. El tipo te está amenazando. No seas tan obcecada.

Ella le lanzó una mirada furibunda y luego hizo un gesto con la cabeza hacia donde un grupo de niños pequeños veían un vídeo a unos metros.

–Baja la voz, ¿quieres? Y cuida tu lenguaje.

–Perdona –murmuró él–. ¿Por qué no contestaste el teléfono anoche?

–Estaba cansada. Me fui a la cama temprano.

–Me podrías haber llamado para decirme que estabas bien.

–Ya soy mayorcita, ¿recuerdas? Además, supuse que tú y Beth necesitabais tiempo para estar juntos.

Sí, había estado con Beth, hablado con ella, pero no creía haber avanzado demasiado. Ella seguía diciendo que volvería con Ron, pero le había prometido que esperaría hasta el fin de semana para decidirlo definitivamente.

Erin se llevó la mano a la boca para ahogar un bostezo.

–No parece que hayas dormido demasiado –le dijo Zach, pensando que él tampoco. Beth se había instalado en el cuarto de invitados y él había dormitado en un sillón. Además, no se había podido quitar a Erin de la mente.

–He dormido bien –dijo ella, desviando la vista. Era evidente que mentía.

–¿Has acabado aquí? –le preguntó Zach al ver que ella ponía al bebé en el parque y le alcanzaba un pato de peluche, que el niño tiró al suelo inmediatamente.

–¿Doy la impresión de haber terminado? –le preguntó ella, inclinándose para levantar el peluche y volvérselo a dar al niño, que riendo lo volvió a tirar–. Las madres de estos niños tienen para diez minutos más de reunión.

Zach disfrutó tanto del juego como el niño, mirando cómo los pantalones de Erin se le ajustaban a las nalgas cada vez que ella se inclinaba a devolverle el pato.

–¿Eres la única que puede cuidar a los niños? –le preguntó, después de que ella encontrase un juguete que el niño decidió quedarse.

Ella se enderezó y se apoyó contra el parque.

–Me gusta cuidar a los niños.

–Admiro tu dedicación, pero tienes muy mal aspecto.

–Gracias, Zach. Eres genial para mi ego.

–No lo he dicho en ese sentido –dijo, deseando haberse mordido la lengua–. Lo que quería decir era que te iría bien una siesta. A mí también –guiñó un ojo–. ¿Te vienes?

Ella levantó la barbilla con gesto altanero.

–¿Para qué ha venido, señor Miller?

–Para decirle que ya he acabado el trabajo preliminar en la Fase II –dijo él, sonriendo ante el tono insolente de ella–. Y preguntarle si todavía sigue en pie la invitación de esta noche.

–¿Esta noche? –repitió ella, confusa.

–La fiesta en casa de tu padre.

Erin se llevó las manos a la cara.

–Dios santo, es viernes. Me había olvidado totalmente de la fiesta.

–¿Quieres cancelarlo?

–No...no, no puedo.

–¿Me pasas a buscar, entonces?

–Sí, a eso de las siete –respondió ella, consultando el reloj–. A condición de que dejes de vigilar mi apartamento.

De ninguna manera. Pero decidió no decírselo hasta más tarde.

–De acuerdo. ¿Cuánto durará la fiesta?

–No mucho. Estoy tan cansada que no creo que aguante demasiado.

Le tomó la mano. No pudo evitarlo.

–Nos iremos temprano. Tengo otros planes para ti –le dijo y ella soltó la mano de la de él, apoyándosela en la cintura. Zach se inclinó para susurrarle–. Te gustan las sorpresas, ¿verdad?

–Depende –sonrió ella con reticencia.

Él le volvió a tomar la mano y se la acarició suavemente.

–Te gustará esta. Te lo prometo.

Erin decidió que se lo pasaría bien en la fiesta, aunque tuviese que tragarse el orgullo para conseguir donantes. También decidió ser amable con Beth y controlar su estúpida envidia.

Al ir a su casa para cambiarse rápidamente, notó que había otro colega de Zach aparcado cerca de su entrada. Estaba claro que él no tenía intención de retirar a sus perros guardianes. Pero ya se ocuparía de tratar el tema con él más tarde.

Llegó al apartamento de Zach cuarenta y cinco minutos más temprano con la esperanza de que él no estuviese listo y poder así tener tiempo de hablar con Beth para convencerla de que abandonase a Ron para siempre. Y después de llamar a la puerta del apartamento se dio cuenta de que su plan quizás funcionase, ya que fue Beth quien la abrió.

–Adelante –le dijo Beth, secándose las manos en un paño de cocina.

–Me extraña que Zach te dejase abrir la puerta –dijo Erin, siguiéndola al salón.

–Para eso están las mirillas –dijo ella, señalándole el sofá para que se sentase–. Siéntate. Se está afeitando por segunda vez hoy.

–Gracias –dijo Erin sentándose y acomodando con cuidado en bajo de su vestido.

Beth se sentó en un sillón enfrente y la miró.

–Bonito traje. No todo el mundo puede vestirse de rojo.

–Es mi color preferido.

–Yo prefiero el azul. Pero aunque no tengo qué ponerme, Zach no me deja que vaya de compras todavía, y ni muerta lo quiero mandar a él. No quiero pensar en lo que podría comprarme.

–Oh, no estoy tan segura. Probablemente tenga buen gusto –dijo Erin–. Claro que no lo sé, en realidad. Hace solo una semana que lo conozco.

–¿De veras? –dijo Beth, sentándose en el borde de la silla–. Por la forma en que habla de ti, pensaba que os conocíais desde hace tiempo. A mí me parece que nos conocemos de toda la vida.

–Eso es lo que me ha dicho –dijo Erin secamente.

–Mira, Erin –comenzó Beth, con expresión seria–. Estoy aquí porque Zach insistió que viniese. Si crees que hay algo entre nosotros, estás equivocado. Somos como hermanos. Nunca ha habido nada más que amistad, y nunca lo habrá.

Erin se sintió avergonzada y estúpida. Nunca se había sentido celosa hasta conocer a Zach.

–Perdona si te he dado la impresión de que pensaba lo contrario. Sé que tú y Zach sois muy buenos amigos, y nunca me interpondría entre vosotros.

–Estoy segura de que no –sonrió Beth–. Y si me funciona bien la intuición, nada de lo que yo haga o diga hará que él se separe de ti.

–No sé si eso es verdad –dijo ella, envarándose.

–Es verdad. Lo conozco mejor que la mayoría de la gente. Está colado por ti –dijo, haciendo un gesto exagerado con la mano–. Mírate. Cualquier hombre sensato lo estaría.

En ese momento, Zach entró al salón. Tenía la camisa abierta y se entreveía su musculoso vientre y el oscuro vello de su pecho.

–Has venido pronto.

–No soy de las mujeres que les gusta llegar tarde –dijo ella, intentando no sentirse afectada por su cabello húmedo por la ducha, que le daba un aspecto sexy. Le lanzó una mirada divertida a Beth y luego volvió la vista hacia Zach.

–Apuesto a que también te gusta estar encima de todo.

–Miller, no te pases –dijo Beth, ruborizándose antes de que él volviese a irse.

–Qué personaje –dijo Erin, moviendo la cabeza y sonriendo.

Las pequeñas facciones de Beth se volvieron a poner serias.

–Es un buen hombre, Erin. Se merece lo mejor. Bastante ha sufrido el pobre –dijo Beth, levantándose.

Erin quiso pedirle más detalles, pero decidió esperar a que fuese el mismo Zach quien se los contase. Si alguna vez llegaban a ese punto. Escondió su preocupación tras una sonrisa nerviosa. Se puso de pie.

–¿Te encuentras bien? –le preguntó a Beth, que parecía pálida y cansada.

–Estoy bien –dijo Beth, frotándose los enrojecidos ojos, uno de los cuales mostraba un moretón–. Un poco cansada. Me parece que me iré a la cama pronto.

Erin tocó a Beth en el hombro, con la esperanza de sacar el tema de su situación.

–Si necesitas hablar con alguien, siempre puedes llamar al centro. Ann está disponible. Y yo también te escucharé. Como amiga.

–No sabría qué decir excepto que me siento avergonzada –dijo Beth, y los ojos se le llenaron de lágrimas–. Me avergüenzo de haberle permitido que me maltrate. De no haber podido hacer nada en doce años de matrimonio.

Erin sintió la misma rabia que sentía cuando otras mujeres en circunstancias similares decían exactamente lo mismo.

–No es culpa tuya, Beth. Ron ha aprendido a resolver sus conflictos a través de la violencia. Y tú aprendiste a estar con él siendo sumisa. Es un terrible círculo vicioso que necesitas romper. Sé que es muy duro.

–Ronnie no ha sido siempre así, sabes –dijo Beth–. Era un buen marido. Nunca ha sido fácil, pero al principio nunca me pegaba. Antes de que las presiones del trabajo hiciesen que intentase resolverlas bebiendo, a veces era cariñoso.

Erin deseó poder hacerle comprender a Beth que la vida no tenía que ser así.

–Los malos tratos tienen fases. Buenas y malas épocas. El alcohol solo le da coraje. En el fondo, está lleno de rencor.

–Lo sé perfectamente.

Erin sintió que se había excedido. Beth era una

mujer inteligente y había vivido un infierno que Erin apenas podía imaginar.

–No era mi intención parecer paternalista. Solo quería ayudarte a salir de esta situación. Zach quiere lo mismo.

–¿Qué es lo que quiero yo?

Zach entró al salón vistiendo un esmoquin, en marcado contraste con su habitual ropa deportiva. Un contraste increíble. Le daba un aire de elegante sofisticación.

Erin apartó los ojos de él con un esfuerzo para lanzarle a Beth una mirada de entendimiento.

–Le decía a Beth que quería que esta noche descansase bien e intentase no preocuparse, ¿no es verdad?

Beth se apoyó las manos en el nacimiento de la espalda y se estiró.

–Me voy a la cama, Zach –dijo, dirigiéndose a la habitación–. Despiértame por la mañana si estás aquí.

El suave ruido de la puerta al cerrarse fue lo único que se sintió en el extraño silencio que siguió cuando se marchó.

–Greg está fuera por si necesitas algo –dijo Zach en voz alta para que Beth lo oyera–. Cerraré con llave cuando salga –se dirigió a Erin–: ¿Estás lista?

Erin intentó responderle, pero no pudo articular palabra. Hizo un esfuerzo por no mirarlo fijamente. Con ese esmoquin estaba impresionante. Y su colonia la atontó todavía más. Y ella que pensaba que podría seguir enfadada con él.

–¿Lista para qué? –le preguntó cuando logró recuperar la voz.

–Lista para ir a la fiesta –lanzó él una ronca carcajada–. A menos que se te ocurra alguna otra cosa.

–Me temo que el deber llama.

–Pues, en cuanto cumplamos con tu deber, tendremos que ocuparnos del placer –dijo él, tomándola de la mano.

Zach había saludado a algunas personas que reconoció en cuanto llegaron. Luego se quedó junto a una enorme escultura abstracta en un rincón de la sala igual de enorme.

Un sitio tranquilo desde donde podía observar a Erin en acción, moviéndose con gracia entre la gente, mientras tomaba champán.

Le miró la espalda que el vestido rojo de raso le dejaba al desnudo y la nuca, al descubierto al llevar un moño en la coronilla. Se imaginó quitándole las horquillas una por una mientras le besaba el largo y elegante cuello.

Erin cruzó su mirada con la de ella y sonrió. Él le devolvió la sonrisa. Pobre diablo el que se enamorase de ella. Probablemente le arrancaría el corazón para alimentar con él a los Doberman de la familia. Zach no quería ser ese desgraciado. Si no era ya demasiado tarde.

Erin se disculpó y se acercó a Zach con un paso sinuoso. El corazón le dio un vuelco y sujetó la copa con manos sudorosas.

–¿Qué haces aquí solito? –le preguntó ella, con una sonrisa sensual.

–¿Está usted flirteando conmigo, señorita Brailey?

Erin le pasó al borde de la copa de él una uña larga y roja.

–Quizás.

–Entonces, ¿ya no está enfadada conmigo?

Erin sonrió y le dio la espalda, a la vez que se acercaba más todavía a él.

–Está decidido a ser un niño travieso esta noche, ¿verdad, señor Miller?

–Estoy decidido a ser un hombre hecho y derecho, señorita Brailey.

Zach la tomó de la cintura con una mano y le acarició rítmicamente la curva del trasero con un pulgar.

–¿Qué te has puesto debajo de esto?

Erin lo miró por encima del hombro, mejilla contra mejilla.

–¿Por qué lo preguntas?

Él inspiró el perfume que todo el cuerpo femenino parecía irradiar.

–Te he estado mirando toda la noche y no te he visto ni una marca de ropa interior. Dime tu secreto.

–Más tarde –dijo Erin, señalando al otro lado de la sala–. Ahora tengo que presentarte a mi padre.

Zach gruñó. Justo ahora que comenzaba a pasárselo bien, el papi millonario tenía que aparecer. En fin, cuanto antes mejor. La tomó de la mano.

–Te sigo –le dijo.

Erin se soltó y lo miró con el ceño fruncido.

–Esta noche estamos aquí por negocios, ¿recuerdas?

La rabia atenazó el pecho de Zach. Obviamente, ella no estaba dispuesta a que él olvidase que se encontraba allí para hacer su papel. No sabía por qué eso le daba rabia, pero le importaba. Mucho.

–De acuerdo. Seré quien quieras que sea.

Ella lo volvió a mirar por encima del hombro.

–Quizás eso nos venga bien.

La expresión de Robert Brailey pasó de una sonrisa de negocios a una de orgullo innegable cuando Erin se acercó a él y le dio un breve abrazo. Zach notó que padre e hija eran de aproximadamente la misma altura y se parecían bastante, especialmente en los ojos. Y aunque ella era esbelta y él más grueso, los dos tenían la misma apostura orgullosa y decidida.

–Me preguntaba dónde te habías ido, hija –dijo Robert Brailey, lanzándole apenas una mirada a Zach.

Erin esbozó una sonrisa de falsa inocencia.

–Me he estado mezclando con el dinero, papá. Como tú me has enseñado.

–Bien –dijo Robert, alargando la mano en dirección a Zach–. Soy Robert Brailey, señor...

–Miller. Zach Miller.

Erin sorprendió a Zach al colgarse de su brazo.

–El señor Miller se ocupará de la seguridad de la Fase II a un precio muy razonable. Le debemos mucho.

Robert se acarició la barbilla con la mano.

–¿No ha estado usted en la policía? Me parece que... ¡Ya sé! Le dieron una condecoración por evitar que dos personas se ahogasen en un accidente con un barco cuando se encontraba usted fuera de servicio.

–¿De veras? –lo miró Erin sorprendida–. No sabía que eras un héroe.

Zach maldijo el calor que le subía por el cuello y se acomodó el cuello de la camisa.

–Solo cumplía con mi deber –dijo. Odiaba los premios.

–Algo muy valiente –dijo Robert–. Así que tiene su propia empresa ahora.

–Sí. Desde hace tres años.

–¿Cómo se llama?

–Sistemas de Seguridad ZM.

–No la conozco.

–Estoy segura de que el señor Miller prefiere no hablar de negocios esta noche –terció Erin, haciendo un gesto de exasperación.

–No importa, Erin –dijo Zach.

–¿Erin? –dijo Robert, mirando a su hija y luego a Zach–. ¿Son amigos?

–La verdad es que el señor Miller y yo nos conocimos hace unos días, cuando estudiamos el plan de seguridad.

–Por eso vi la camioneta de su empresa aparcada

en la entrada una noche bastante tarde, hace un par de días. O, quizás mejor sería decir una madrugada. Una hora un poco extraña para discutir negocios, ¿no cree?

Zach no tuvo otra opción que salvar la reputación de Erin. De lo contrario, ella quizás no le hablase nunca más en la vida.

–Perdone, señor, pero no es lo que usted cree. Ha habido problemas en el centro. Erin ha recibido amenazas...

–Zach –masculló Erin–, no creo que este sea momento para hablar de eso.

–¿Qué tipo de amenazas? –preguntó Robert, con expresión preocupada.

–Poco importantes –dijo Zach–. No creo que sea nada serio, pero he apostado a algunos hombres hasta que descubramos al sospechoso.

El rostro de Robert Brailey adoptó una expresión pétrea.

–¿Por qué no me has informado de ello, Erin?

–No pasa nada, papá. Está todo controlado. No hay necesidad de que te alteres.

–No estoy alterado –dijo Robert, cuadrando los hombros–, simplemente preocupado. Pero si no se soluciona, me temo que tendré que reconsiderar mi oferta de conseguir financiación para el nuevo centro. Me niego a que tu vida corra peligro.

–No lo dirás en serio –dijo Erin, por lo bajo.

–Pues, sí. No quiero que te conviertas en una mártir. Mientras tanto, reforzaré la seguridad de tu apartamento.

–Yo ya me he ocupado de ello, señor –dijo Zach, dando un paso.

–Yo sé qué es lo mejor para mi hija, señor Miller –dijo Robert Brailey, con expresión más pétrea si cabe.

Zach controló su enfado e hizo un esfuerzo consciente por hablar con calma.

–Yo también. Ya he encargado a mis hombres que se ocupen de ello.

–¿Y se cree que con eso me quedaré tranquilo? No se ofenda, señor Miller, pero no conozco su empresa ni al tipo de hombres que usted contrata.

–Solo los mejores.

–Eso es lo que usted cree.

–Basta. ¿Queréis callaos?

Robert y Zach miraron a Erin simultáneamente.

–Tengo casi treinta años y soy perfectamente capaz de cuidarme, papá –dijo, dirigiendo a su padre con una mirada fría como el acero–. Lo único que quiero es tu promesa de que continuaremos como lo habíamos planeado –dirigió su mirada a Zach–. Si me perdonáis –añadió antes de irse.

Capítulo Nueve

Zach se despidió rápidamente de Robert y fue tras Erin. Mejor sería enfrentarse al enfado de ella en aquel momento que esperar a que ella le diese más vueltas al tema en la cabeza. La siguió a través de la gente y cuando desapareció tras una puerta e intentó cerrarla tras de sí, Zach apoyó la palma de su mano contra el marco y entró. Al mirar a su alrededor, se dio cuenta de que estaban en un cuarto de baño tan grande como todo su piso.

Erin se lo quedó mirando boquiabierta, de pie ante el tocador con los brazos en jarras.

–¿Te importa...?

–Claro que me importa –djo Zach, alargando la mano para cerrar con llave–. No me ha gustado nada que te marchases y me dejases solo ante el peligro con tu padre.

–Y a mí no me gustó nada que le contases lo de las amenazas –dijo ella, poniendo el bolso de raso sobre la coqueta y dirigiéndole una mirada furiosa–. Ahora, seguro que todo el proyecto se irá al garete.

–No, no sucederá eso –dijo Zach, frotándose la nuca–. Solo te está probando, de la misma forma en que tú lo pruebas a él –la miró directamente a los ojos–. ¿Te puedo hacer una pregunta? –le preguntó–: ¿Habláis alguna vez? ¿Le has dicho en algún momento lo que realmente deseas en la vida?

–Papá habla –dijo Erin, apartando los ojos–, yo escucho. Hace tiempo que he dejado de ser sincera con él.

Zach se acercó a ella y la tomó de la barbilla, forzándola a mirarlo.

–Se preocupa por ti. Imagino que tiene miedo de perderte, así que pone cara de malo y da órdenes. Pero, por debajo de todo eso seguro que lo único que desea es lo mejor para ti.

–No lo conoces como yo –dijo ella, tomándolo de la muñeca para que la soltara–. Usa todos los medios que tiene para controlarme. La culpa, la obligación. Para que me ayudase con los fondos para el refugio, tuve que hacer un trato con él. Si el proyecto fracasa, tendré que trabajar en su bufete.

–¿Por qué le has prometido eso?

–Porque necesito su ayuda. Además, estoy decidida a hacer que el nuevo centro funcione con éxito. Pero él se cree que soy una adolescente que no puede hacer nada bien.

–Y tú eres todo lo que él tiene. Menuda carga.

–Parece que lo sabes por experiencia –dijo ella, dirigiéndole una rápida mirada–. ¿Por qué no me cuentas alguno de tus secretos, Zach?

–Más tarde –dijo él, retrocediendo–. Primero, salgamos de aquí. Tengo que llamar para ver cómo se encuentra Beth.

–Ve tú. Todavía no estoy preparada para irme –dijo ella, sacando una barra de labios de su bolso y volviéndose hacia el espejo–. Además, todavía estoy enfadada contigo porque le has dicho lo de las amenazas a mi padre.

–¿Qué querías que hiciera, Erin? Estaba entre la espada y la pared. O se lo decía, o perdías tu reputación. Si no recuerdo mal, tú eras la que se quería deshacer de mí rápidamente la otra noche para que tu padre no me encontrase en tu casa.

Ella volvió a guardar la barra de labios en el bolso y se dio la vuelta lentamente hacia él.

–¿Por qué estás tan preocupado, Zach?

–Porque me importa lo que te suceda.

–Eres igual que mi padre, sabes.

–No tenemos ni idea del siguiente paso de Andrews.

–Yo puedo defenderme sola.

–¿De veras, Erin? –dijo Zach, agarrándola del brazo. Cuando ella intentó soltarse, se lo apretó más fuerte–. Apuesto a que no te enseñaron autodefensa en la escuela –con cuidado para no hacerle daño, apretó un poco más–. No es fácil, ¿verdad? Especialmente para alguien que no está preparado para un ataque criminal.

–Déjame ir –susurró Erin, pero el deseo brilló en sus ojos cuando él la apretó contra su pecho. Algunas veces, Zach había reaccionado de la misma forma ante una misión particularmente difícil. Solo que entonces no había tenido a nadie con quien saciar su deseo. Además, con Erin eran más que feromonas, mucho más.

Le soltó las muñecas y le recorrió los brazos con las manos, hasta apoyárselas sobre los hombros. Creyó que ella se apartaría, pero no lo hizo.

–¿Siempre consigue lo que quiere, señor Miller?

Zach reconoció el tono de voz que ella había usado por teléfono con él. De repente, ella le mordisqueó el labio inferior y se lo acarició con la lengua. Automáticamente sintió la respuesta de su erección.

–¿Qué quieres, Erin?

Ella le tomó las manos y las apoyó sobre sus pechos.

–Quiero que me toques –respondió.

Como si su mente no tuviese control sobre sus manos, Zach le acarició los pechos hasta sentirle los pezones duros.

–Entonces, vámonos a tu casa.

–No –dijo ella, quitándole la chaqueta de los hombros. Se quedó mirando la funda de su arma–. Llevas una pistola.

–Sí. A veces lo hago.

Después de mirar el arma nuevamente, ella miró más abajo del cinturón de Zach.

–Impresionante –dijo, alargando la mano para tocarlo.

–Vamos a tu casa, Erin –dijo él, agarrándole la mano.

–No –dijo ella, levantando la barbilla con decisión. Era una hoguera de femenino fuego.

–¿No tienes miedo de que nos descubra tu padre haciendo el amor en su cuarto de baño?

Ella soltó la mano y comenzó a desabrocharle los botones de la camisa.

–Nunca vendría a buscarme aquí. Además, me da igual.

Probablemente tenía razón, pero no estaba dispuesto a correr riesgos. O al menos, eso era lo que pensaba hasta que ella comenzó a besarle el pecho, mordisqueándole una tetilla y siguiendo hacia abajo.

–Erin... –gimió, hundiéndole las manos en el cabello y levantándola para besarla antes de que fuese demasiado tarde. Sus labios se unieron en un beso apasionado.

Zach dio varios pasos hasta apoyarla contra una pared. Tomando el bajo de su vestido, se lo levantó por encima de la cintura, cediendo ante el deseo de tomarla en ese mismo instante. Su necesidad se intensificó más aún cuando se dio cuenta de que bajo los finos pantys no llevaba nada en absoluto.

–Conozco tus secretos –murmuró, rozándole con los dedos el interior de los sedosos muslos para que ella abriese las piernas–. ¿De veras quieres esto? –le preguntó, porque necesitaba oír su respuesta y sus dejos juguetearon sobre la piel femenina hasta hacerla temblar.

–Sí –dijo ella y su voz era apenas un suspiro. Se arqueó contra él–. Date prisa.

–Eso es lo que intento, cielo –dijo Zach–. Espera un momento.

La soltó un instante para quitarse la pistolera y dejarla en el suelo. Luego se acercó nuevamente y con un rápido movimiento, le rasgó la costura central de los pantys, dejando más secretos femeninos al descubierto. Erin lo miró a los ojos mientras él deslizaba los dedos por la abertura en la seda, buscando la suave mata de vello hasta encontrar la húmeda y cálida carne, entonces ella cerró los ojos con un suspiro.

–Mírame –dijo él, porque quería que ella supiese que era él quien la acariciaba.

Ella obedeció, abriendo los ojos lentamente.

Zach la volvió a besar, sintiendo cómo temblaban sus labios bajo los suyos y ella lanzó un sensual gemido. Se separó de ella para mirarle el rostro y verla cuando llegaba al clímax. Ella separó los labios y echó la cabeza hacia atrás, con la respiración jadeante. Zach ahogó su grito con un beso y la sujetó hasta que sintió su pulso alrededor de sus dedos. Con un estremecimiento, ella se dejó llevar por la fuerza que la recorría, apoyándose contra su pecho, totalmente entregada.

Erin intentó abrirle la cremallera de los pantalones, pero él se lo impidió.

–Aquí no, Erin. Quiero hacer esto bien. En algún sitio donde pueda abrazarte. Encontremos una cama cómoda y pasemos en ella toda la noche.

–Eso resulta aburrido, ¿no te parece?

–No necesariamente –dijo él, dándole un suave beso en la mejilla–. Si estás lista para salir de aquí e ir a tu apartamento, te lo demostraré.

–Tienes que ocuparte de Beth y yo tengo que madrugar y trabajar en el nuevo centro.

Infiernos, estaba volviéndolo a hacer. Cerrándose a sus sentimientos. Dejándolo fuera. No tenía ninguna intención de que sucediese eso.

–Hay un hombre cuidando a Beth, que está dormida. Y me ocuparé de que no te quedes dormida.

–Pero yo...

Él interrumpió su protesta con otro beso.

–¿Lo haces porque quieres acostarte conmigo o para cuidarme toda la noche?

Ambas cosas, pero no quiso decírselo para que ella no huyese.

–Creo que lo que haría con más gusto en la vida sería mirarte dormir –le pasó un dedo delicadamente entre los senos–. Entre otras muchas otras cosas.

Durante un instante, ella no dijo nada y lo miró con un interrogante en los ojos.

–Tengo que despedirme de mi padre primero. Luego podemos ir a mi casa.

Después de arreglarse, Zach siguió a Erin hasta el salón de baile. Erin saludó a su padre con un gesto de la mano y salió. Pidió su coche en la entrada, y en cuestión de minutos se hallaban en la entrada del apartamento.

Zach se bajó del coche y buscó alguno de los vehículos de su empresa, pero no vio a ninguno. Siguió a Erin hasta el apartamento sobre el garaje y se dio cuenta de que la luz del porche estaba apagada. Sintió un mal presagio y alargó la mano para detenerla antes de que ella metiese la llave en la cerradura.

–Apártate –le dijo, pasando delante de ella y desenfundando el arma. Con la mano levantada para que ella no se moviese, dio varios pasos cautelosos hasta el umbral. Como sospechaba, la puerta se abrió sola al empujarla. Dio dos pasos más y lanzó un juramento. Y volvió a maldecir a Ron Andrews.

Zach le dijo a Erin que se quedase fuera, pero ella no pudo. Se quedó en el umbral, mirando el salón, iluminado por solo una lampara pequeña. El corazón aceleró sus latidos y sintió que se quedaba sin aire al ver el estado en que estaba su apartamento. Al ver sus cajones vacíos de contenido y tirados por el suelo, sus sillas derribadas, sus muebles y posesiones revueltos por todo el salón, se quedó petrificada de miedo, aterrorizada ante la idea de que la persona que había hecho ese desastre estuviese dentro del piso esperando a Zach.

Respiró con alivio cuando Zach volvió y le hizo gesto de que entrase. Erin entró con las piernas temblorosas recorriendo el caos con la mirada. Sus ojos descubrieron la caja de música rota en una esquina. El caballito de tiovivo que su madre le había regalado cuando cumplió los quince años, el último cumpleaños que habían pasado juntas, estaba totalmente destrozado. Y también su corazón.

Lentamente se acercó al recuerdo y se arrodilló.

–No toques nada.

La orden de Zach hizo que se volviese a poner de pie.

–Mi madre me regaló esto... tengo que ver...

Erin se atragantó con las palabras y ardientes lágrimas le quemaron los ojos. De repente, un par de fuertes brazos la envolvieron.

–No te preocupes, cielo. Yo lo encontraré –dijo la cálida y firme voz.

Erin se apoyó contra Zach, sin un ápice de fuerza. Y lágrimas de impotencia la dominaron. Lo necesitaba a él en ese momento, sin pensar en las consecuencias que eso tendría luego. Su fuerza la acunó, la hizo sentir segura.

–Hola, jefe... ¿qué ha pasado aquí?

–¿Se puede saber dónde has estado, Martin? –dijo Zach, soltando a Erin, y dirigiéndose al recién llegado.

El hombre hizo un gesto de impotencia, palideciendo.

–Recibí una llamada. Me dijeron que había una

urgencia en la casa de los Weather y como son nuestros mejores clientes...

–¿No te había dicho que no te movieses de aquí?

–Lo siento, Zach. Pensé que estaba haciendo lo correcto.

Zach lanzó un suspiro entrecortado y se relajó.

–De acuerdo –dijo–. Puedes irte.

Cuando el vigilante se retiró, Zach se dirigió nuevamente a Erin.

–Una persona de la policía vendrá en cualquier momento. Harán un informe. Tengo que llamar y asegurarme de que Beth se encuentra bien.

–¿Qué les digo? –dijo Erin, enjugándose las lágrimas con la mano.

–Diles la verdad. Infórmales de la llamada, pero sin nombres.

–¿Por qué no?

–Porque yo mismo me ocuparé de esto para asegurarme de que se hace bien. Es un tío listo. Estoy seguro de que no ha dejado ninguna prueba de nada. Pero yo lograré encontrarlas.

–¿No es eso obstrucción a la justicia o algo por el estilo? –preguntó Erin, su miedo en aumento.

–Todavía no estamos seguros de que sea Andrews. Si algo surge después, entonces ese es mi problema.

–Ese es mi problema, Zach.

–Ya no.

Erin se pasó una hora respondiendo el montón de preguntas que le hizo un oficial de policía con una agradable sonrisa y firme voz. Era tan amable y educado que a Erin la molestó tener que mentirle. Varias veces estuvo a punto de hablarle de sus sospechas, pero el rostro inexpresivo de Zach la detuvo. Cuando se fue, después de unas frases tranquilizadoras, Zach la convenció de que se fuese con él a su apartamento en vez de a un hotel, como ella había sugerido. Se sentía demasiado débil para discutir.

Unos minutos más tarde, Zach abría el cerrojo y empujaba la puerta de su piso silenciosamente. Cuando dio la luz y se iluminó el salón, una fuerte sensación de alivio recorrió a Erin. Todo estaba en su sitio.

Zach se dirigió a los dormitorios y volvió con una bata de franela, una almohada y ropa de cama.

–Beth sigue dormida, gracias a Dios.

–Qué bien.

–Yo dormiré aquí –dijo él, dejando todo sobre el sofá–. Tú puedes usar mi cama.

–¿Por qué?

–Así montaré guardia cuando vuelva.

–Zach, no irás a...

–Sí, voy a buscarlo –dijo él, sacando la pistola de su funda para mirarle el cargador y volverla a cerrar–. Veremos qué sucede.

El miedo por la seguridad de Zach la impulsó hacia él.

–¿No puedes dejar que la policía se ocupe de esto?

–Todavía no.

–Pero él podría hacerte daño.

–No se lo permitiré.

–No puedo permitir que vayas –dijo ella, tocándole el brazo.

–Tengo que hacerlo, Erin –dijo Zach, agarrándola por los brazos y mirándola a los ojos.

Sin pensárselo dos veces, ella lo abrazó y apoyó la cabeza contra su pecho.

–Temo por ti, Zach. Temo que algo pueda sucederte –dijo, levantando la cabeza para mirarlo a los ojos.

–Te prometo que tendré cuidado, si prometes que no huirás de mí.

–Seré buenecita y me quedaré aquí hasta que vuelvas –dijo ella, esbozando una sonrisa artificial–. Y cuando vuelvas, te haré un desayuno de café flojo y tostadas quemadas.

–Preferiría que fueses tú.

–También puede ser –dijo ella, con el corazón repiqueteándole en el pecho–. Después del desayuno.

Luego él le cubrió los labios con los suyos. Al principio fue un beso tierno, pero luego se hizo más profundo y apasionado. Erin supo que si insistía, lograría que él se quedase, pero se dio cuenta de que él no se quedaría tranquilo hasta que se enfrentase a Ron Andrews.

–Será mejor que te vayas ahora –dijo, separándose de él y tocándole la barbilla–, o no te dejaré ir.

–Tienes razón –dijo él, dando un paso atrás con los ojos brillantes–. Cuando vuelva, podrás dormir en mis brazos.

Capítulo Diez

Zach lo vio inmediatamente. Andrews se encontraba frente a la cafetería a la que solía ir, apoyado contra el coche negro aparcado bajo una farola. Entre sus enormes manos tenía un vaso de plástico. El hombretón ni lo miró cuando Zach aparcó la camioneta y se acercó hasta él. Pero lo había visto perfectamente. Para algo lo había entrenado la policía.

Andrews lanzó un escupitajo, fallando el zapato de Zach por milímetros.

–Hola, Miller, ¿qué haces por aquí? ¿Te has quedado sin mujeres esta noche?

–Te estoy buscando. Quiero que dejes a Beth en paz.

–Tú sabes dónde está –dijo Andrews, con la mandíbula rígida.

–Lo único que importa, es que ella no está contigo. ¿Y tú? ¿Qué hacías a eso de las diez de la noche?

Andrews rompió el vaso de plástico y lo dejó caer.

–Eso no es de tu incumbencia.

–Desde luego que lo es, ya que has estado en el apartamento de Erin Brailey.

–¡Esa es una acusación muy fuerte, Miller! –dijo Andrews, con una mueca que lo hizo parecer el villano de una película–. En tu lugar, cerraría el pico hasta tener pruebas.

–¿Y cómo sabes que no las tengo?

Durante un instante, la alarma se reflejó en las

facciones del policía, pero desapareció rápidamente.

–No estarías aquí. Estarías en la comisaría haciendo una denuncia en este mismo momento. No tienes nada, así que vete de aquí antes de que te arreste por molestar a la autoridad.

–Si fuese tú, yo no haría eso –dijo Zach, lanzando una carcajada–. A menos que desees que convenza a Beth de que cuente su historia.

–Si no la has convencido antes, ¿qué te hace pensar que podrás hacerlo ahora?

–Porque casi le has roto el brazo, cerdo.

–¿Eso es lo que te dijo? –rio Andrews–. Ella se cayó. Es más torpe que un bebé aprendiendo a caminar.

–Tú y yo sabemos que eso no es verdad –dijo Zach, dando un paso, furioso por las mentiras habituales del policía.

–No sé lo que sabrás tú, pero lo que sé es que Beth es mía y volverá a mí, como lo ha hecho siempre. No puedes hacer nada para alejarla de mi lado. No te escuchará, al igual que tu madre nunca te escuchó.

Zach se dio la vuelta antes de ceder al impulso de darle un puñetazo. Andrews estaba de servicio y Zach no podía permitirse que lo arrestasen por atacar a un agente.

–No puedes proteger a Beth, Miller. No pudiste hacerlo antes y no puedes ahora. Y esa muñeca Barbie con la que sales se dará cuenta pronto de que eres un cobarde, incapaz de proteger a una mujer.

Zach abrió la puerta de la camioneta y se alejó, maldiciendo la verdad que encontró en esas palabras.

Erin se despertó al sentir el peso junto a ella en el sofá y abrió los ojos de golpe. ¿Cómo había podido quedarse dormida?

Una oleada de alivio la recorrió al ver que en vez de Ron Andrews, Zach se encontraba sentado junto a ella. Con los hombros hundidos y el rostro entre las manos, parecía que volvía vencido de la guerra.

Erin se envolvió en la sábana y se puso de rodillas junto a él.

–¿Estás bien? –le preguntó.

–Sí –dijo él, lanzando un profundo suspiro. Se enderezó.

Ella le masajeó los hombros, rígidos bajo sus manos.

–¿Qué pasó?

–Lo ha negado todo.

Erin dejó sus hombros y se sentó a su lado.

–¿Creías que no lo haría? ¿Qué dijo?

Zach se inclinó hacia delante con las manos agarrotadas en las rodillas.

–Las mismas mentiras de siempre. Que Beth le pertenecía, que si no lo dejaba en paz me arrestaría por molestar a la autoridad, que no he podido... –enumeró Zach, interrumpiéndose.

Pero Erin lo instó a que continuase.

–¿No has podido qué?

–Proteger a Beth. Protegerte a ti. Y tiene razón.

–No, no la tiene –dijo Erin, apoyándole la cabeza en el hombro–. Has hecho todo lo posible por que estuviésemos seguras. No había forma de que evitases lo que sucedió en el apartamento.

–Tendría que haberlo hecho. No tendría que haberte involucrado en esto.

–Yo lo hice el día en que él se presentó en el centro.

Zach se quedó en silencio y Erin intuyó que él no le estaba diciendo todo. Sus heridas eran profundas y ella estaba decidida a llegar al fondo de su dolor, pero sabía que no sería tarea fácil. En aquel momento lo que más la preocupaba era su estado mental y decidió que todo podía esperar hasta el día siguiente.

–Quizás deberíamos dormir un rato –dijo, sofocando un bostezo–. Ya hablaremos mañana.

–Podría haberlo detenido, sabes. Si lo hubiese matado a él, entonces ella no habría sufrido. Pero me quedé allí observando cómo sucedía.

–Hiciste todo lo posible por ayudar a Beth...

–No me refiero a Beth, sino a mi madre.

A Erin se le agarrotó la garganta al darse cuenta de que el dique que contenía las emociones de Zach comenzaba a resquebrajarse, fisura tras fisura. Se preparó para sus confidencias y rogó tener la suficiente fuerza para consolarlo.

–¿Alguien le hizo daño a tu madre?

Él se pasó la mano por el rostro, como intentando borrar el recuerdo.

–No fue cualquiera. Fue mi padre.

–¿Tu padre maltrataba a tu madre? –preguntó ella. Con razón él nunca hablaba de su familia.

–Sí. Con sus puños, con palabras, con cualquier arma que encontraba. Pero era un excelente doctor, según decían. Curaba a los enfermos y torturaba a su esposa. Y mientas él se regodeaba en su gloria, yo dejé que la destruyese.

–¿Dónde está tu madre ahora? –preguntó Erin, con los ojos llenos de lágrimas, intentando digerir lo que él le decía.

–Muerta. Mi padre murió primero, por el alcohol. Yo tenía trece años. Mi madre falleció dos años más tarde con el corazón roto –lanzó una amarga carcajada–. Lo seguía queriendo a pesar de lo que él le había hecho. Yo la odiaba por eso, pero la quería también. Solía imaginarme que lo ataba cuando él estaba inconsciente por el alcohol y lo golpeaba con un bate de béisbol. Qué locura, ¿no?

Erin había oído historias parecidas de las víctimas de la violencia doméstica decenas de veces.

–No. Intentabas superarlo. Eras un niño, Zach. No podías hacer nada.

–Le fallé, demonios. Y ahora lo hago otra vez con Beth. Contigo.

Ella le enmarcó la cara entre las manos.

–Beth está aquí. Se encuentra bien. Yo también estoy entera. Tú eres responsable de eso.

Él le cubrió una mano con la suya y se la llevó hasta los labios, dándole un beso en la palma.

–Ojalá tuviese tu fuerza. Ojalá tuviese algo en lo que creer, como tú. No tengo nada.

Erin sintió deseos de llorar por todo lo que él había sufrido. Lo único que le podía dar era cariño y compasión.

–Tienes tu empresa. Estás ayudando al centro de acogida. Eres el hombre más fuerte que conozco, Zach Miller. Y yo...

«Yo me estoy enamorando de ti».

–¿Tú, qué?

No podía decírselo en ese momento. No estaba segura de poder darle el amor que él se merecía.

–Yo quiero que te perdones a ti mismo. Hazlo por Beth.

Él la hizo sentarse a su lado.

–Lo intentaré. Pero no por Beth. Por ti.

Todas las emociones de Erin parecieron agolparse en su pecho en ese momento. Contuvo las lágrimas. Hizo un esfuerzo por ceder al amor que sentía por él en ese momento. Luchó para no volver a sufrir.

–Te necesito, Erin –le dijo él, deslizándole la sábana por la pierna y depositándole un beso en el muslo desnudo.

Ella no quería que él la necesitase por temor a comenzar a necesitarlo también. No podía permitírselo. Prefería enfrentarse a su desamor, a que él la abandonase. Pero les quedaba esa noche. Podían consolarse mutuamente. Le deslizó los dedos por el cabello y él le apoyó la cabeza sobre la pierna.

–Estoy aquí, Zach –dijo, e inclinándose, lo besó en la nuca.

Zach lentamente le quitó la sábana del todo y la desnudó totalmente. Necesitaba olvidar, aunque fuese por un instante.

–Zach, ¿y Beth? –susurró ella cuando él acabó de quitarle la sábana y le recorría el cuerpo con una mirada apreciativa, encendiendo un fuego en sus entrañas–. ¿No tendríamos que ir al dormitorio?

–No. Quédate así.

Se apoderó de sus labios con una pasión como ella no había experimentado nunca en la vida. Sintió su ansia desesperada, su deseo incontrolado. Y durante un momento, le pareció saborear sus lágrimas.

De repente, él se arrodilló frente a ella y le abrió las piernas para meterse entre ellas. Le dijo nuevamente que la necesitaba, que la deseaba mientras con una lluvia de suaves besos le recorría el valle entre los senos y el vientre. La trataba como si fuese de fino cristal, como si ella se pudiese romper.

Luego bajó la cabeza y le dio un beso tan íntimo, tan estremecedor, que la dejó sin aliento. La recorrió totalmente con sus manos, acariciándola de una forma que ella nunca había imaginado. Utilizó la lengua para tocarla como si ella fuese un delicado instrumento, concentrándose en su deseo mayor. Y cuando le sobrevino el clímax, Erin se estremeció de la cabeza a los pies.

Zach la levantó y la tendió sobre el sofá. Después de quitarse los zapatos y los calcetines apresuradamente, se arrancó la camisa, maldiciendo los botones. Luego sacó un pequeño sobre del bolsillo de los pantalones antes de quitárselos y tirarlos a un lado con un puntapié.

Se quedó frente a ella, magnífico en su belleza masculina por primera vez. Músculos bien definidos le cubrían el tórax y tenía en el pecho una mata de vello oscuro. El mismo vello le bajaba por el duro vientre hasta la impresionante erección, que no dejaba ninguna duda de la forma en que la deseaba. Todo su cuerpo irradiaba masculinidad, fuerza, deseo absoluto. Excepto sus ojos.

Erin vio un ansia desesperada en sus profundidades y una emoción tan desnuda como su poderoso cuerpo.

Él se acercó a ella y la penetró con un largo gemido.

–Necesito acercarme más a ti –le susurró con frustración, mientras se movía dentro de ella con lentos y fluidos golpes.

–Aquí me tienes –le susurró ella, abrazándolo con fuerza.

–No me abandones, Erin.

–No lo haré –dijo ella. Aquella noche, no.

Los ojos se le llenaron de lágrimas cuando Zach se movió con mayor lentitud mientras seguía susurrándole palabras tiernas en el oído, algunas cariñosas, otras sensuales, que hicieron que ella lo desease más de lo que había deseado a ningún hombre. La acarició de forma que ella nunca había experimentado, la amó con una pasión que ella solo había imaginado. Contuvo el aliento cuando comenzó a ser presa de un nuevo y furioso clímax que la recorrió con un espasmo tras otro de placer.

Con un largo golpe final Zach le hundió el rostro en el pelo para ahogar su grito, sin embargo Erin oyó la agonía mezclada con el placer. Sintió el dolor de él con tanta fuerza como si fuese propio y deseó poder hacerlo desaparecer.

Después de unos minutos de silencio, Zach levantó la cabeza. La miró a los ojos y dijo las palabras que ella temía que pronunciase.

–Te quiero, Erin.

Zach se dio cuenta en ese momento que no tendría que haberlas dicho. Se dio cuenta por la forma en que el cuerpo de Erin se envaró bajo el suyo, por su tenso silencio.

Se sentó y la acercó a su lado, pero ella no respondió.

–Por favor, dime lo que piensas antes de que me vuelva loco.

–Creo que te has dejado llevar por el momento –le dijo ella, retirándose el cabello del rostro.

–Estás equivocada –le dijo él con un suspiro de frustración.

–También creo que confundes la gratitud con... sentimientos más profundos.

¡Demonios! Ni siquiera podía decir la palabra «amor».

–Nunca le había dicho a una mujer que la amaba, Erin. Y ha habido muchas.

Ella jugueteó con el borde de la sábana.

–Supongo que tengo que sentirme halagada, entonces.

–¿Halagada? –dijo él, levantándose del sofá para enfrentarse a ella–. No es eso lo que pretendía, desde luego.

–¿Qué quieres que te diga?

No estaba seguro de lo que quería. Quizás una pista de que ella también sentía algo por él. Quizás que lo negase. Algo que le diese una esperanza o no.

–¿Por qué no comienzas por decirme lo que sientes por mí? –le dijo.

–Te tengo cariño, Zach, pero nos conocemos desde hace muy poco tiempo.

–Quizás te parezca un idiota, pero creo que te quiero desde la primera vez que te vi.

–Me deseaste –dijo ella–. Hay una diferencia.

–Sí. No se puede negar –dijo él, pasándose la mano por el cabello–. Pero ahora quiero más, siento más.

Ella se levantó a ponerse la bata mientras él hacía lo propio con sus pantalones. Una vez que estuvo cubierta, se sentó en una esquina del sofá, acurrucándose.

–¿Qué más quieres?

Él no lo había pensado, pero era lógico que ella preguntase. Si ella quería más tiempo para conocerse mejor, se lo daría.

–Vente a vivir conmigo.

–No puedo hacer eso. Para empezar, Beth está aquí.

–No va a estar mucho tiempo.

–Segundo, tengo mi casa.

–Una casa donde no estás segura, en medio de la propiedad de tu padre quien, por cierto, pretende controlar tu vida.

–Pero el motivo más importante es que ya lo he hecho antes y no funcionó.

–Así que has vivido con alguien antes –dijo, sentándose a su lado–. Eso no quiere decir que a nosotros no nos vaya bien.

–Esto no tiene nada que ver con él. Soy yo. Yo no soporto...

–¿No soportas qué?

–Las despedidas. No sé decir adiós.

Ahora comenzaba a comprender.

–¿Y quién dice que acabará en una despedida?

–Siempre acaba en una despedida.

Zach sintió rabia por el hombre que le había roto el corazón, y ni siquiera lo conocía.

–¿Qué te hizo ese Warren?

–Nada que yo no hubiese buscado. Sabía desde el principio que él era ambicioso, desalmado. Nos conocimos en la universidad. Cuando él acabó, nos fuimos a vivir juntos. Mi padre lo quería tanto, que le dio un trabajo. Dos años más tarde, Warren encontró a alguien más, alguien que sería la esposa perfecta.

–¿Tú no valías para ello?

–En absoluto –dijo ella, mirándolo. En sus ojos no había ni pena ni arrepentimiento–. Él sigue trabajando para mi padre, ahora son socios. Mi padre me culpa por la ruptura. No estaba dispuesta a dejar mi carrera de lado para convertirme en la esposa del señor abogado, por lo tanto, es culpa mía. Nuevamente lo desilusioné.

–Tú misma me has hecho ver que necesito superar el pasado y seguir con mi vida. Yo puedo ayudarte a hacerlo. Podemos hacerlo juntos –le dijo, pasándole el brazo por los hombros. Pero la forma en que ella se estremeció hizo que él se separase–. ¿Lo pensarás?

–No puedo, Zach –dijo ella con pena en los ojos azules–. Por ahora no, necesito más tiempo.

–Está bien –dijo Zach, poniéndose de pie y dirigiéndose al cuarto de baño con un enorme peso en el corazón.

–¿Dónde vas? –le preguntó Erin.

–A darme una ducha y prepararme para ir a trabajar.

–Ni siquiera ha amanecido.

–¿Y quién puede dormir? –le preguntó él con expresión dura–. Pero tú aprovecha. Duérmete y sueña. Lo que es yo, ya he tenido suficientes pesadillas por una noche.

Capítulo Once

Cuando Erin se despertó por la mañana, Zach se había ido. Ella había dormitado en el sofá, a pesar de que él le había ofrecido nuevamente su cama. Una vez lo había visto mirándola, sentado en el sillón de enfrente. Ella no se atrevió a hablarle por temor a ceder a irse a vivir con él si él le insistía.

Se ajustó la bata, pensando en el vacío que Zach le había dejado y en todas las cosas que tenía que hacer. Tenía que llamar a la compañía de seguros para que fuesen a ver el apartamento, tenía que llamar a Ann y decirle que llegaría tarde. Y necesitaba encontrar qué ponerse. No le gustaba demasiado hacer compras, pero no podía irse al centro de acogida con un traje de raso rojo. Tomaría algo prestado de la ropa que se donaba al centro. Ahora se daba cuenta de lo mal que se sentían las pobres residentes que se marchaban de sus casas con solo lo puesto. La puerta del dormitorio se abrió. Se había olvidado de Beth.

Beth entró en el salón, con la cara lavada y el pelo atado en una coleta. Miró a Erin y sonrió.

–Buenos días. ¿Y Zach?

Erin se sentó en el sofá manteniendo la bata cerrada.

–Supongo que trabajando.

–¿No lo sabes?

–No estaba despierta cuando él se fue.

–Oh –dijo Beth, sentándose a horcajadas en una silla y apoyando los brazos en el respaldo–. Pensaba que estaríais en tu casa. O al menos en el dormitorio –sonrió, mirando la ropa de Erin sobre la mesa.

–No pudimos quedarnos en mi casa –dijo Erin arrellenándose en el sofá, incómoda.

–¿Por qué no?

Erin no supo si debía contarle lo que había sucedido. Si Beth decidía irse, Erin probablemente no podría detenerla, pero Zach sí.

–Dime, Erin, ¿qué sucede?

Erin no tuvo otra opción que ser sincera.

–Alguien entró a mi apartamento anoche. Y lo destrozaron.

–Ron –dijo Beth, y el nombre resonó como un disparo en el salón.

–Creemos que sí, pero no estamos seguros –dijo Erin.

–¿Lo habéis denunciado?

–Yo hice una denuncia, pero Zach no quiso que mencionase a tu esposo. Yo quería, pero él no me dejó.

–Lo siento –dijo Beth, bajando los ojos–. Es culpa mía. Le dije que no quería meter a Ronnie en líos. Pero parece que él mismo lo está haciendo.

Erin se sentó más al borde del sofá.

–Ha perdido totalmente el control, Beth. Tenemos que sacarte de aquí.

–He de ir a casa, a tratar de calmarlo.

–Es demasiado tarde para eso. Ya es hora de que dejes de protegerlo. Deja que Zach llame al departamento de policía antes de que le haga daño a alguien más.

–No sé qué hacer –dijo Beth, con los ojos velados por la indecisión.

Erin se puso de pie, se ajustó la bata y se sentó en la silla junto a Beth.

–Sí que lo sabes. Esto tiene que acabar, por tu bien. Por el de Ron, también. Puede que él tenga que tocar fondo antes de que acceda a pedir ayuda. No lo hagas por ti sola únicamente, hazlo también por él. Antes de que sea demasiado tarde.

–De acuerdo. Lo pensaré –dijo Beth, limpiándose una lágrima que le corría por la mejilla.

–Si quieres, puedo llamar a Ann para hacer las diligencias pertinentes –dijo Erin, tocándole el brazo con cariño–. Al menos, averiguar qué hay que hacer ahora.

–Si no es demasiada molestia –asintió Beth con la cabeza.

–Ninguna –dijo Erin, poniéndose de pie–. Primero, necesito darme una ducha y vestirme. Como de todas formas tengo que ir al centro, hablaré con Ann y te llamaré.

Antes de que Erin se diese la vuelta, Beth la agarró del brazo.

–Gracias por todo, Erin –le dijo–. Pase lo que pase, te agradezco lo que has hecho.

Zach volvió al apartamento después de pasar varias horas mirando una montaña de papeles que no quería resolver. Oyó a alguien en la ducha y miró el reloj. Las nueve. Beth había dormido bastante. Bien. Necesitaba descansar.

La ropa de cama estaba doblada cuidadosamente en una esquina del sofá, evidenciando que Erin se había marchado. Probablemente se había ido al centro para no encontrarse con él.

Dejó las gafas de sol sobre la mesa del comedor y decidió hacerse un café. Estaba muy cansado, pero demasiado nervioso como para intentar dormir un rato.

Desde la cocina, oyó que se abría la puerta del cuarto de baño.

–¿Quieres un café, dormilona? –llamó.

–No. Tengo que irme al centro. Se me ha hecho tarde.

Zach se quedó de piedra con la mano sobre la cafetera. Era Erin, no Beth. No se sentía preparado para volverla a ver tan pronto. Echó café en el filtro, conteniéndose para no ir hacia ella y tomarla en sus brazos para darle los buenos días con un beso. Después de poner enchufar la cafetera, reunió las fuerzas necesarias para enfrentarse a ella.

Erin se encontraba en el medio del salón vestida con la bata y secándose el cabello. Casi se le detuvo el corazón al verla y se dio cuenta de lo mucho que le costaría olvidarse de ella, dejarla marchar.

–Tienes aspecto de cansada –le dijo.

Ella siguió secándose el cabello.

–Sobreviviré –dijo–. ¿Está Beth en la cocina?

–No. Pensaba que estaba durmiendo.

–Se había levantado. Se habrá vuelto a acostar.

Un horrible presentimiento hizo que Zach corriese a la habitación. Abrió la puerta y, tal como se lo había temido, Beth no estaba. Sobre la cama pulcramente hecha, había una nota.

Zach, tengo que volver con Ron. Me temo que si no lo hago, esto se convertirá en un infierno y él irá por ti.

Nunca me lo perdonaría si os hiciese daño a ti o a Erin.

Lo siento,

Beth

–¡Infiernos y demonios! –gritó, y Erin acudió al dormitorio.

–¿Qué dice? –le preguntó, al ver la nota que él tenía en la mano.

Él arrugó el papel y lo arrojó contra la pared.

–Ha vuelto con él.

–Oh, Dios, no. –dijo Erin, cubriéndose la boca con la mano–. ¿Cómo habrá burlado al guardia?

–Las instrucciones de ellos eran impedir que entrase Ron, no que ella saliese. Sabes lo que esto quiere decir, ¿verdad? –dijo Zach, dejándose caer en el borde de la cama.

–¿Qué? –le preguntó ella, dando un pequeño paso hacia él.

–Que ha vuelto a ganar.

–Y es culpa mía.

–¿Por qué ibas a culparte tú? –preguntó Zach confuso, elevando los ojos a Erin.

–Porque le dije que habían entrado en mi casa.

Zach se puso de pie, intentando contener su frustración.

–¿Por qué lo has hecho?

–Pensé que podía convencerla de que se fuese a Dallas. Pero ella debe haber decidido que la única forma de protegernos era volver con él.

Zach sacó las llaves del bolsillo y se dirigió al salón, seguido por Erin.

–Iré tras ella, y ruego a Dios que no sea demasiado tarde.

–No puedes hacer eso –dijo Erin, bloqueándole la puerta–. Si lo haces, solo conseguirás que ella se resista más todavía. Tiene que darse cuenta por sí sola. Pero hay algo que puedes hacer, aunque tiene sus riesgos.

–¿Qué?

–Dejar que yo lo denuncie.

¿No comprendía ella de lo que Andrews era capaz?

–No. Si tú haces eso, entonces se desquitará con Beth. Y contigo.

–¿Cuándo acabará esto, Zach? –preguntó Erin, mirándolo durante un instante.

–No lo sé –dijo él, y no lo sabía. En ese momento no podía pensar, con Erin mirándolo. Esperando que él tomase una decisión, esperando que él hiciese lo correcto.

Sin decirle nada, ella pasó a su lado y tomó el teléfono para llamar.

–¿Qué haces? –le preguntó.

–Llamo a Ann para que me venga a buscar.

El soltó un suspiro de alivio al ver que no llamaba a la policía.

–Yo te puedo llevar.

–No. Necesito estar sola para pensar. Y tú también.

–De acuerdo. Te llamaré más tarde. Uno de los muchachos se ocupará de que llegues sana y salva. Y no vuelvas al apartamento todavía.

–Tengo que hacerlo, Zach. No puedo seguir huyendo. Y tú tampoco.

Al día siguiente, Erin se encontraba en la entrada de su apartamento, con una caja de cartón en las manos y uno de los muchachos de Zach vigilando fuera. Sin saber por dónde empezar, se dirigió a la cajita de música, la única cosa de valor sentimental que le interesaba recuperar en ese momento. Todo lo demás podía ser reemplazado. Se arrodilló a recoger los trozos, uno por uno, haciendo esfuerzos por no llorar.

–Erin, ¿qué ha sucedido? ¿Ha sido el hombre que te amenazaba?

Ella se dio la vuelta. Su padre, con expresión preocupada, se recortaba en el vano de la puerta.

Erin se puso de pie y sujetó la caja contra el pecho.

–Probablemente, pero si ha sido él, no tenemos que preocuparnos más.

–Quieres decir que está preso.

–No, su mujer ha vuelto con él, así que probablemente esté de lo más feliz.

–Pero tú no tienes forma de saberlo.

–Conozco el tipo, papá. Tiene lo que quiere, a su mujer, y me dejará en paz.

Robert dio un paso.

–Sea lo que fuere, tienes que venirte a casa conmigo hasta que encuentren quién ha sido.

–No, papá. Me voy a mudar a una casa en la ciudad. He dado la fianza esta mañana. No es necesario que me cuides. Hace tiempo que no necesito una niñera.

–¿No estarás pensando en irte a vivir con ese hombre, no?

–¿Y si fuese así , qué? –lo único que le faltaba.

–No sería lo correcto.

–No pareció molestarte cuando vivía con Warren –dijo ella con una amarga carcajada.

–Eso era distinto. Warren era...

–Un imbécil. No sabía ser cariñoso ni amable. Ni romántico. Yo fui su trampolín para poder llegar a formar para de Brailey, Holder y Thompson. Ahora te tiene a ti. A mí nunca me quiso.

–No removamos el pasado. Lo que me preocupa ahora es tu seguridad. Si te digo la verdad, echo en falta no tenerte para discutir contigo.

–Si te sientes tan solo –dijo ella, apoyándose la caja sobre la cadera–, ¿por qué no le pides a Warren y a su esposa, Misty creo que se llama, que se muden contigo?

Cuando le vio la expresión de tristeza, Erin sintió remordimientos.

–Mira, papá, te agradezco el ofrecimiento, pero mi nueva casa está a veinte minutos de aquí. Te veré todas las semanas para cenar.

–Te tomo la palabra –dijo Robert, mirando dentro de la caja–. ¿Es ese el tiovivo que te regaló tu madre?

–Sí, me temo que está irrecuperable.

–Recuerdo cuando tu madre lo compró –le dijo, mirándola a los ojos con una sonrisa melancólica–. En San Francisco, durante una campaña electoral.

–La echas de menos, ¿verdad? –dijo Erin suavemente, con los ojos vidriosos.

–Todos los días. Tú te pareces mucho a ella.

Excepto en el físico, no se parecía en nada a su madre.

–Yo, a quien me parezco, es a ti.

–¿A mí? –se sorprendió Robert.

–¿Quién crees que me enseñó que la vida no valía la pena vivirla si no era por una causa? Tú. Yo heredé mis convicciones de ti, mi fuerza. ¿Por qué te parece que siempre nos estamos enfrentando?

–Supongo que tienes razón –dijo él, después de una pausa para pensarlo. Unió las manos frente a sí e inclinó la cabeza–. ¿No puedo hacerte cambiar de opinión?

–No, esta vez no.

–¿Y cuándo te he hecho cambiar de opinión, se puede saber?

–Ahora que lo pienso –sonrió ella–, nunca. Eso también lo heredé de ti. Mi cabezonería.

–Muy bien, entonces –dijo, devolviéndole la sonrisa–. Y algo más. Parece que tu nuevo centro va bien encaminado. Después de hacer unas llamadas, J.W. Denton ha prometido hacer una donación de cien mil dólares en memoria de su madre. Lo único que pide es que pongas su nombre a una de las habitaciones.

Erin deseó dar gritos de alegría. Al menos algo bueno tenía ese día. ¿Quién iba a pensar que su padre iba a traerle buenas noticias?

–¡Genial! ¿Cómo se llama?

–Minerva Wainwright Denton.

–Pues, entonces, ya tenemos la habitación Minerva.

Se quedaron un incómodo momento mirándose. Él dio un paso y la abrazó torpemente. Erin estuvo a punto de llorar, pero se contuvo para disfrutar del momento.

Él la soltó y ella esbozó su mejor sonrisa.

–Gracias, papá.

–Estoy orgulloso de que hayas hecho un trabajo

tan bueno con el centro, hija, pero supongo que eso significa que no trabajarás para mí –sonrió Robert.

–Te ayudaré de vez en cuando.

Su sonrisa se convirtió en un gesto de preocupación.

–Prométeme una cosa, Erin.

–¿Qué?

–Que tendrás cuidado.

–¿Has visto los muebles del salón del nuevo centro? –preguntó Gil, entrando al despacho de Erin. Habían pasado dos semanas y el centro estaba a punto de abrirse–. No sé qué hilos habrá movido tu padre, pero el dinero sigue entrando a raudales. Y los muebles son mejores que los míos. Deben de ser muy caros.

Erin se frotó las sienes, intentando evitar que le comenzara el dolor de cabeza.

–Seguro que son algunos que tenía por ahí, que le quedaron de la última vez que redecoró la casa. ¿Qué necesitas? –le preguntó a Gil, ya que no se iba.

–Solo venía de visita. Pensé que te podría ir bien la compañía ya que hace mucho que no aparece Zach. ¿Habéis discutido?

–Déjalo, Gil.

–¿Qué sucedió con su compañera de la policía?

–Se volvió a casa a recibir palizas otra vez.

–Otra víctima en la guerra contra la violencia doméstica –dijo Gil, meneando la cabeza.

Erin se irritó al pensarlo.

–No necesitamos más víctimas, ¡infiernos! No nos podemos permitir perder ni a una mujer más. Algún día esto tiene que parar.

–No puedes salvar a todo el mundo, Erin. Concéntrate en la gente que has ayudado, como Nancy

Gurthie, que ya tiene trabajo y casa. La pequeña Abby está a salvo ahora.

–Si perdemos a una, les fallamos a todas –exclamó irritada–, ¡así que no me digas en lo que tengo que concentrarme!

–¡Eh, que estoy de tu lado! –dijo Gil, alargando las manos con las palmas hacia arriba.

–Perona –dijo avergonzada Erin–. Lo siento. Estoy cansada. Y con estrés.

Había pasado tantas noches en vela pensando en Zach... varias veces hablaron por teléfono, pero no mencionaron su relación. Era evidente que él había decidido que ella no valía la pena. Erin no lo culpaba, pero lo echaba de menos. Demasiado.

–Es comprensible que estés exhausta –dijo Gil, interrumpiéndole los pensamientos–. El sofá del despacho de Ann no es un sitio demasiado cómodo para dormir. ¿Cuándo te mudas?

–Me han dicho que queda libre una de las casas de la urbanización Colony a finales de semana.

–Me imagino que tu padre no estará demasiado contento.

–No, pero aún menos lo estaba cuando me entraron en casa.

–¿Han agarrado al tipo?

–No, desgraciadamente no. Probablemente no lo harán nunca –a menos que Zach decidiese hacer algo al respecto.

Llamaron a la puerta. No esperaba a nadie.

–Adelante –dijo Erin.

La puerta se abrió lentamente y en el vano se encontraba Zach, tan guapo como la última vez que lo había visto. Y la vez anterior, y...

–Hablando de Roma... –dijo Gil, poniéndose de pie–. Nos preguntábamos dónde estarías.

–Por ahí. Si nos disculpas un momento, Gil, necesito hablar con Erin.

–No es necesario que lo digas dos veces –dijo

Gil, dándole a Zach una palmada en la espalda. Espero que tú puedas alegrarla un poco –y se marchó, cerrando la puerta.

Erin intentó aparentar indiferencia y calmar los latidos de su corazón para no correr a sus brazos.

–¿Qué necesita, señor Miller? –le preguntó, con una sonrisa trémula.

–A ti –dijo él, acercándose a la mesa en dos zancadas–. ¿Has vuelto a pensar en mi propuesta?

–¿Y tú en la mía? ¿No piensas denunciar a Andrews?

–Yo he preguntado primero. Sé que vives en el centro, que me imagino que no será demasiado cómodo. Y yo estoy solo con una cama enorme que no hemos usado nunca. Puedes mudarte cuando quieras.

–No puedo, Zach –dijo con un suspiro, aunque lo deseaba. Hubiese sido fácil cancelar el contrato de la casa de la urbanización. Pero necesitaba demostrarse a sí misma que podía arreglárselas sola, sin influencia de nadie. Pero eso no era totalmente verdadero. Estaba asustada. Asustada de amarlo demasiado–. He alquilado una casa, un sitio bonito...

–¿Para huir?

–Eso no es lo que estoy haciendo.

–¿Y nosotros? –dijo él.

–Creo que será mejor que no nos veamos durante un tiempo –le dijo, porque la verdad era que no sabía qué hacer. Necesitaba tiempo para pensárselo–. Tengo mucho que hacer el la Fase II y no tengo tiempo para distracciones.

Zach dio un puñetazo en la mesa, haciendo volar los papeles y sobresaltando a Erin.

–¿Eso es lo que resulto para ti, Erin? ¿Una distracción? ¡Si seré idiota, pensando que nos queríamos! –exclamó, dándole la espalda.

Erin no esperaba que reaccionase de aquella forma. Suponía que él aceptaría sus deseos y se iría.

Warren se había ido sin pensárselo dos veces, pero Zach no era Warren.

–No necesariamente para siempre. Podemos reunirnos después de que se abra el centro para celebrarlo.

–¿Y darnos un revolcón por los viejos tiempos? –dijo Zach, mirándola con un relámpago de rabia en los ojos–. No puedo hacer eso. Quiero todo o nada.

Las lágrimas llenaron los ojos de Erin y comenzaron a rodarles por las mejillas.

–No lo comprendes.

–Entonces, hazme comprender –dijo Zach, dando una palmada sobre la mesa–. Dime qué te hizo tu padre aunque no quieras admitirlo, para que te cerrases de esta forma a las emociones –se volvió a inclinar sobre la mesa–. Yo lo intenté, Erin, pero ha sido un infierno. Hasta que te conocí, me mantuve a salvo sin tener ninguna relación. Es una forma terrible de vivir.

–A veces eso es más fácil, Zach. Te ahorras mucho sufrimiento.

Zach se dio la vuelta y se dirigió a la puerta.

–Te quiero de verdad, Erin, por más que te parezca una locura –dijo, con una mano en el picaporte, sin volverse hacia ella.

Luego se marchó, llevándose otro trozo del corazón de Erin.

El viernes por la tarde Erin llevó la última caja a su nueva casa y la dejó sobre la mesa del comedor. Se preguntó cuándo tendría tiempo para arreglarla, pero al menos tendría algo en qué ocuparse que no fuese pensar en Zach o sus palabras de despedida.

Mucho de lo que él le había dicho era verdad, y a veces se preguntaba si él no la ayudaría a confiar emocionalmente.

¿Y si reconocía que ella lo amaba también? ¿Estaba dispuesta a aceptar su rechazo si él había cambiado de opinión?

Él no la había vuelto a llamar y ella tenía que aceptar que probablemente había desaparecido de su vida para siempre. Aceptarlo no la tranquilizó.

Intentó dejar de pensar en él mientras guardaba lo que había logrado recuperar del desastre de su apartamento. Tanto se había destruido en las últimas semanas, incluyendo su confianza. La mitad del tiempo se la pasaba dudando sobre las decisiones que tenía que tomar en el centro, y la otra mitad dudando sobre las decisiones con respecto a su corazón. Principalmente, sobre si tendía que romper con Zach definitivamente.

Un sonido que provenía de la cocina la hizo asustarse, erizándole los pelos de la nuca.

Qué tonta, pensó. No podía ser Ron Andrews. Como Zach había dicho, Ron Andrews había ganado, al menos por el momento.

Miró el reloj. Eran casi las nueve de la noche. Tenía que llamar a Ann para cerciorarse de que todo estuviese bien en el centro. Además, le iría bien oír una voz amiga.

Sorteando las cajas, se dirigió al teléfono del salón.

No tenía tono de llamada.

Lo único que le faltaba. La compañía telefónica no le había instalado la línea todavía. Qué cosa más estúpida e irritante.

El súbito sonido detrás de sí le heló hasta la médula.

–Eh, señorita Brailey, ¿qué hace una señorita como usted en un sitio como este, sola?

Capítulo Doce

Zach decidió llevar a cabo su plan, el resultado de varias noches de insomnio y mucha introspección. No podía esperar demasiado. Tenía que hacer la llamada que comenzaría a mover las ruedas de la burocracia antes de que a Beth se le acabase el tiempo. Quizás ella lo odiase por ello y las cosas podrían empeorar antes de mejorar, pero al menos pondría fin a la actitud violenta de Ron. Durante un tiempo. Luego convencería a Beth de que lo dejase para siempre.

Marcó el número de la policía. Con un poco de suerte, Madeleine Wright, la jefa de policía, comprendería por qué él había esperado tanto para decirle lo de Ron Andrews.

–¿A qué se debe el placer, Zach? –le preguntó ella, pero su tono no era nada alegre.

–Se trata de Andrews. Maddie, no es lo que parece. Durante los últimos años ha estado...

–¿Pegándole a su mujer?

Zach sintió una opresión en el pecho y dificultad para respirar.

–¡Dios santo! ¿Le ha vuelto a hacer daño a Beth?

–Sí, pero no ha sido grave. Ella se defendió, se escapó y se fue a casa de su hermana. Vino e hizo una denuncia contra él esta mañana. Lo arrestaron una hora después.

–Me siento orgulloso de ella –dijo Zach, a punto de dar saltos de alegría–. Gracias a Dios que finalmente ha entrado en razón.

–¿Por qué no me lo has dicho antes, Zach?

–Le prometí a Beth que no lo haría. Y tenía que ser decisión de ella, o nunca lo habría abandonado –dijo, y se dio cuenta de que usaba las mismas palabras de Erin. Ella le había enseñado más de lo que él creía.

–Esperemos mantener a Beth a salvo ahora –dijo Maddie.

–¿Qué? Por favor, Maddie, dime que todavía sigue preso.

–¿Ya te has olvidado de los procedimientos, Zach? Salió bajo fianza hace una hora. Por el momento, está libre. Ten cuidado, que en su declaración, te mencionó varias veces. Y cuando se fue, mascullo algo sobre encontrar a una muñeca Barbie. ¿Sabes de qué se trata?

Erin.

Erin se mudaba ese mismo día. ¿Y si Ron la encontraba?

–Maddie, ya te llamaré –dijo, colgando sin siquiera despedirse.

Erin no necesitó mirar para saber quién estaba detrás de ella. La voz de Ron Andrews estaba llena de rencor y frío odio. Se dio la vuelta lentamente, encontrándose con su mirada amenazadora.

–¿Ha venido a ayudarme con la mudanza, detective, o es parte del comité de bienvenida?

Andrews recorrió la habitación con la mirada antes de dirigirla a ella.

–Quiero que tenga su merecido por arruinar mi vida –susurró.

–Ha recuperado a su esposa.

–¡No la he recuperado! ¡Por culpa de su intervención probablemente nunca lo haré!

Quizás Beth había decidido marcharse definitivamente. Ojalá hubiese sido así.

–¿Dónde se ha ido? –le preguntó.

–Está muerta –dijo él, y sus ojos reflejaron la rabia que lo invadía.

–¿La ha matado? –dijo Erin, luchando con la bilis que le subía por la garganta.

–Para mí, está muerta.

Erin no sabía si hablaba hipotéticamente o si había sucedido de verdad. Nunca se perdonaría si él le había hecho daño a Beth. Tampoco Zach.

«Zach, ¿dónde estás cuando te necesito?»

–Sentémonos, ¿quiere, detective?

Al oírla, Ron agarró un taburete de la cocina y lo tiró contra la nevera, haciendo que un gemido animal brotase de la garganta de Erin.

–¡Déje de llamarme así, porras! Por culpa suya y de su novio, tampoco estoy ya en la policía. Se ha acabado todo para mí.

Se repente, Erin se dio cuenta de lo que sucedía. Zach lo había denunciado. Por fin. La sorprendió que no la llamase por teléfono. Pero seguro que lo había intentado, y como no había línea... ¿No habría al menos intentado ir a verla? No. Ella le había dicho claramente que no necesitaba su protección en varias ocasiones. Y ahora, por orgullosa, se merecía morir.

–Beth lo quiere a usted.

–¡No diga eso!

Erin levantó las manos, dándose por vencida.

–De acuerdo, no hablemos de Beth.

–Tiene razón. Estoy cansado de hablar.

Andrews alargó la mano hacia atrás y aunque Erin sabía lo que buscaba, eso no aminoró la impresión de ver la pistola brillando bajo la luz fluorescente de la cocina. Sentía el pulso en los oídos y las manos le comenzaron a sudar. Miró desesperada a su alrededor. Por el único sitio que podía escapar era por la puerta de entrada.

Oyeron unos gritos y Andrews la agarró de un brazo y la arrastró al salón. Apoyándole el cañón del arma en la espalda, la llevó hasta la ventana y abrió la cortina de un tirón.

La calle estaba vacía y solitaria, exactamente como Erin se sentía en ese momento.

–Probablemente eran chicos que pasaban –dijo ella, mirando de reojo el picaporte, a solo unos centímetros de distancia.

–Rece para que sea eso y no su novio –dijo Andrews, dándose la vuelta y empujándola lejos de la puerta y de su oportunidad de escapar.

De frente a Andrews, Erin se movió cautelosamente frente al sofá, dejando la mesa de café entre los dos, que le ofrecía un poco de protección.

–¿Nos podemos sentar? –le preguntó.

–Yo estoy bien así, pero usted se puede sentar un momento. Me da igual si muere sentada o de pie –dijo el ex policía.

Mientras Andrews seguía despotricando contra la injusticia de perder su trabajo y su esposa por culpa de Zach, con el rabillo del ojo, Erin percibió una mancha de color en la ventana del salón, donde había quedado abierta la cortina. Luego lo vio. Zach. Había acudido a ayudarla, después de todo. Pero, ¿cómo haría para entrar? Su rostro, asomando por la ventana, la hizo reanudar su lucha por la supervivencia. Zach le señaló la puerta y el suelo. Por lo que ella pudo entender, quería que ella se tirase al suelo. ¿Pensaba dispararle a Andrews?

Erin oyó la sirena y vio la alarma en el rostro de Zach. Andrews no reaccionó inmediatamente, seguía con su diatriba. Pero pronto la oiría también.

Cuando Andrews comenzó a pasearse frente al sofá, ella vio la posibilidad de escapar. Apoyó las manos sobre la mesa de café, sobre la que se encontraba la pesada escultura y recurrió a todas sus fuerzas. Si lograba que perdiera el equilibrio empujando la mesa, probablemente pudiese escapar o darle una oportunidad a Zach para que disparase.

Las sirenas anunciaron la llegada de la policía. Lanzando un juramento, Andrews volvió la cabeza hacia donde provenía el sonido.

–¿Qué dia...?

Erin empujó la mesa, dándole al policía en las rodillas y haciéndolo caer de espaldas. Zach atravesó el cristal de la ventana, rompiéndolo y enviando trozos en todas direcciones.

Erin se tiró al suelo y rodó para ponerse a salvo, pero un sonido la paralizó de terror.

El disparo de un arma

Zach abrió los ojos y miró el techo blanco y estéril. El coro de pitidos de las máquinas que lo rodeaban era suficiente para despertar a un muerto, así que estaba seguro de que no se hallaba en el otro mundo.

–Demonios –su voz le sonó áspera como papel de lija.

–No te muevas, Zach.

Volvió la cabeza. Su propio ángel de la guarda lo cuidaba. Erin. Gracias a Dios que ella estaba a salvo.

–Así que por fin te has despertado –sonrió ella–. El doctor ha dicho que te recuperas muy bien. ¿Recuerdas algo?

–Un poco. No demasiado, hasta que llegué a urgencias. Recuerdo el ascensor hasta el quirófano. Después, me desperté en la unidad de cuidados intensivos y el médico me dijo que el proyectil no había tocado ningún órgano vital y que pronto estaría en casa. Eso es todo. ¿Y eso? –preguntó, mirando el vendaje que cubría una mejilla de Erin. Se lo tocó suavemente.

–Solo un corte de los cristales que volaron –dijo ella, lanzando un suspiro entrecortado–. Quizás me quede una pequeña cicatriz, pero supongo que eso me dará más personalidad.

Dios, la quería más que a su vida.

–Tú tienes más personalidad en tu dedo meñique que la mayoría de la gente tiene en todo el cuerpo –le recorrió el perímetro del vendaje con el dedo–. ¿Te duele?

–No es nada, en serio –dijo ella, retirando la mirada.

Pero las heridas que a él más lo preocupaban eran las que ella llevaba dentro. Ojalá él lo dejase ayudarla a superarlas, del mismo modo en que ella lo había ayudado a él.

–Por cierto, qué valor has tenido al tirarle la mesa de café. Arriesgado, pero valiente.

–Tenía que hacer algo. ¿Recuerdas la pelea? –le preguntó, retirándole un mechón de la frente.

–Fragmentos. Recuerdo que derribé a Andrews y que el arma se disparó, pero no sabía a quién le había dado.

–Andrews está perfectamente. Los oficiales entraron detrás de ti. Tiene unas magulladuras y cortes, pero eso no es nada comparado con lo que ha causado.

–Y estará encerrado por bastante tiempo. El intento de homicidio tiene una sentencia bastante dura –dijo Zach, tosiendo, lo que le dio un latigazo de dolor en el costado. Se estremeció.

–Tendría que irme y dejarte descansar –dijo ella, rozándole levemente la barbilla con la mano.

–Quédate –le dijo, agarrándosela–. Erin, no sé lo que habría hecho si algo te hubiese pasado.

–Estoy aquí, ¿no es verdad? –le dijo ella, poniéndole un dedo en los labios para silenciarlo.

–¿Hasta cuándo?

–Hasta que tú me eches –dijo ella. Su tono era alegre, pero los ojos se le llenaron de lágrimas. Se notaba que había estado llorando antes de que él se despertara y parecía que todavía no había acabado. Una lágrima que le corrió por la mejilla le demostró que estaba en lo cierto.

–Eh, ya ha acabado todo –le dijo, limpiándosela con el dedo–. Andrews ya no puede hacer daño a nadie.

–Has estado a punto de morir, Zach. Yo he...

Odiaba que ella llorase, odiaba no estar en condiciones para ayudarla.

–¿Tú has, que?

Ella intentó inútilmente secarse con la mano nuevas lágrimas.

–He sido una idiota.

Él le acarició el cabello, lleno de esperanza.

–¿Por qué lo dices?

–Con respecto a Andrews, con respecto a mucha otra gente. El peligro era real y yo era muy idiota y demasiado orgullosa para escucharte. Casi he hecho que nos matase a los dos. Pero, ya que estás bien hay algo que quería decirte. Ahí va...

Apartó la vista un instante y luego lo volvió a mirar. Zach contuvo la respiración.

–Lo que quería decirte –dijo ella–, es que no puedo vivir sin ti. Que no quiero vivir sin ti. Quiero estar contigo y levantarme por la mañana contigo. Pero, por encima de todo, que te amo.

Zach comenzó a hablar, pero ella se lo impidió e hizo una profunda inspiración antes de continuar.

–Déjame seguir antes de que pierda el valor. ¿Sigue abierta tu propuesta de vivir juntos?

–No –dijo él. Aunque estaba tentando la suerte, tenía planes más serios.

Una expresión dolida se le reflejó a ella en el rostro.

–Supongo que no te puedo culpar por cambiar de opinión –dijo, bajando los ojos y soltándole la mano.

Zach se la volvió a agarrar y la apoyó contra su corazón.

–Me he expresado mal.

Ella finalmente lo miró y el amor que se reflejaba en sus ojos azules le dio a Zach ánimo para continuar.

–Sí, quiero vivir contigo, pero no solo vivir contigo. Erin, quiero que te cases conmigo.

–¿Quieres decir una boda por todo lo alto, con tarta, vestido blanco y cientos de invitados? –se sorprendió ella.

–O podría ser más íntima –rio Zach–. Lo que tú quieras.

Ella se quedó silenciosa un momento.

–Nadie se casa conociéndose tan poco. La gente pensará que estamos locos. A mi padre le dará un infarto –sonrió–. Te apuesto que, por primera vez en su vida, no sabrá qué decir.

–Quiero que tu respuesta esté basada en lo que tú sientes, no en la aprobación de tu padre –dijo Zach, tocándole la barbilla con un dedo.

–Te quiero, Zach –sonrió ella–, y nada de lo que diga mi padre me hará cambiar de opinión.

–Entonces, ¿cuál es la respuesta?

–Sí –rió ella–. Sí, Zach Miller. Me casaré contigo y viviré contigo y te volveré loco.

Se inclinó a besarlo. Zach se estremeció de dolor.

–¿Te he hecho daño? –preguntó ella, preocupada.

–Lo único que me hubiese hecho daño en este momento es que me dijeses que no –dijo. Lentamente, se hizo a un lado de la cama y dio unos golpecitos a su lado–. Ven, necesito tenerte a mi lado para sentirme mejor.

Erin se puso de pie y, quitándose los zapatos, se acurrucó a su lado. Jugueteó con la mata de vello que asomaba por el escote abierto de la bata de hospital.

–Una pregunta –le dijo–. ¿Tendrás algún problema en que siga trabajando en el centro?

–No se me ocurriría pedirte que lo dejaras.

–Ya sabes que yo no sé ni freír un huevo.

–Yo sí, ¿recuerdas? –le dijo, besándola en la punta de la nariz–. Ahora me gustaría preguntarte algo a mí.

–De acuerdo.

A Zach lo preocupaba que ella cambiase de opinión después de oírlo, pero tenía que preguntárselo. Para hacer a Erin feliz, él tenía que estar totalmente satisfecho consigo mismo, con su trabajo.

–¿Pondrías alguna objeción a que yo me reincorporase a la policía?

Ella levantó la cabeza de la almohada.

–¿Ser policía otra vez?

–Sí. He estado pensando mucho sobre eso últimamente. Lo echo en falta. Me falta el desafío diario, la tensión. Ahora que Ron no está, podría volver. El puesto me espera si lo quiero.

–Me pasaré la vida preocupada –suspiró ella–, pero si eso te hace feliz, entonces eso es lo que importa. Pero, ¿y tu empresa?

–La seguiría llevando al margen.

Erin carraspeó y jugueteó con el brazalete de plástico del hospital.

–Hay algo más que necesito decirte también.

–¿Que tienes a otro hombre haciendo cola detrás de mí?

–Qué va. Beth ha estado hace un rato. Volverá más tarde. Ella también se reincorporará a la policía, ahora que Ron no está. Parece que tendrás a tu antigua compañera. Ella quería decírtelo primero, pero no he podido esperar. Así que hazte el sorprendido cuando te lo diga, ¿de acuerdo?

–Desde luego –sonrió Zach–. Y que quede claro que Beth y yo solo somos amigos. Por más que pase mis horas de trabajo con ella, quiero volver a ti todas las noches.

–¿Sabes? –dijo Erin y lo besó en los labios–, para ser un tipo duro, sabes decirle a una chica las cosas que ella necesita oír.

Aunque Zach viviese cien años, nunca olvidaría ese momento, la felicidad reflejada en los ojos de ella.

–¿Te he dicho que te quiero?

–Hace varios minutos que no.

–Qué tonto soy. Quizás será mejor que te lo demuestre.

Se besaron en serio entonces, poniendo en ello sus corazones y sus almas, y el reconocimiento de su amor.

Los largos dedos de Erin dieron un suave tirón a la bata del hospital para levantarla y poderle hacer unas suaves caricias en el vientre, justo por debajo del vendaje. Él supuso que no le haría ningún daño que lo hiciese. Ya ni pensaba en el dolor que sentía.

–¿Está usted intentando seducirme, señorita? –le preguntó, interrumpiendo el beso.

Ella espió bajo la bata.

–Solo para ver si el vendaje está bien. Cubre mucho y... oh, caramba, parece que aquí hay algo más.

Zach le hizo un gesto malicioso con las cejas cuando ella le sonrió.

–Me parece que usted se ha metido donde no debía, señorita Brailey.

–Me alegro de que todo funcione a la perfección, oficial Miller.

–Sargento Miller, señorita, a su servicio –dijo Zach, arrimándola hacia sí–. ¿Te das cuenta de que es la primera vez que estamos en la cama juntos?

Ella se mordió el labio inferior.

–¿Sabes una cosa? Tienes razón.

–Sí, señor. Así que mejor será que aprovechemos

esta oportunidad. Uno nunca sabe si después me pondrán un compañero de cuarto.

Erin se sobresaltó cuando él le acarició un seno.

–Estamos en el hospital, Miller, por no mencionar que estamos en pleno día y hace poco que te han herido.

–¿Y por qué nos iba a importar que nos pillasen?

–Tienes razón. Lo único que me importa es nosotros. Estar contigo. Pasar mi vida contigo, comenzando en este mismo instante.

–En ese caso, nunca tendrás que preocuparte más. Me tienes para siempre.

Jackson Bradshaw, un adinerado abogado neoyorquino, estaba acostumbrado a conseguir todo lo que quería. En aquella ocasión, sin embargo, se vio obligado casi a derribar la puerta de la casa de una extraña para evitar, precisamente, que ocurriera lo que no quería.

Cuando Georgia Price, una bellísima madre soltera, le abrió al fin la puerta, Jackson descubrió que no era ella, sino su hermana, quien deseaba casarse con su hermano. ¡Lo habían engañado! Entonces se desató una tormenta que los aisló a ambos en la diminuta casa y, durante esos días, pareció encenderse entre ellos un fuego que Jackson jamás había experimentado. Sin embargo, era evidente que se había equivocado de hermana...

PÍDELO EN TU PUNTO DE VENTA